AF284149

Reiselust und Lebenslust

Kurze Geschichten

Blanka Trunitschek und Brigitte Prem

Reiselust und Lebenslust

Kurze Geschichten

Blanka Trunitschek stammt aus der ehemaligen Tschechoslowakei, wo sie das Abitur bestritt und als Reisebürokaufmann arbeitete. . Nach der Heirat siedelte sie nach Deutschland um. Sie bekam zwei Kinder und arbeitete anschließend im medizinischen Beruf. Sie schrieb schon immer Erzählungen, in ihrer Jugend auch Gedichte, und machte einige Kurse für kreatives Schreiben, bis sie sich entschloss, die Schule des Schreibens zu absolvieren. Sie lebt in Düsseldorf. Blanka Trunitschek schrieb in tschechischer Sprache einen autobiografischen Roman "Opici laska"(Deutsch "Muttersöhnchen") **Brigitte Prem** wurde 1948 in Salzburg geboren, maturierte in Klagenfurt und fühlt sich daher Kärnten, Österreich, zugehörig. Sie studierte in Salzburg Anglistik, Germanistik und Romanistik und war nach Studienabschluss 40 Jahre lang Lehrerin. Berufsbedingt verbrachte sie einige Zeit in Irland und sieht viel Ähnlichkeit der irischen Kultur mit der kärntnerischen. Reisen nach Portugal, Deutschland und USA. *Es sind von ihr einige Kleinkinderbücher, ein Märchenroman, ein Kurzgeschichtenband, eine Abhandlung über Salige (englisch), ein Aufsatz über Lebensskript im Märchen, einige Geschichten in "Smart-storys" und im Literaturpodium, erschienen. Der Lit-Verlag veröffentlichte den Roman "Der Bergbauer und das Salkweib", zu dem "Gustav, der Wehrbauer" als Fortsetzung betrachtet werden kann.* https://brigitte-prem-autorin.jimdo.com/

Bibliografische Information der Deutschen Nationalbibliothek: Die Deutsche Nationalbibliothek verzeichnet diese Publikation in der Deutschen Nationalbibliografie; detaillierte bibliografische Daten sind im Internet über dnb.dnb.de abrufbar.

Herstellung und Verlag: BoD – Books on Demand, Norderstedt ISBN: 9783755774549

FSC
www.fsc.org

MIX
Papier aus verantwortungsvollen Quellen
Paper from responsible sources
FSC® C105338

Inhaltsverzeichnis

Der erste Urlaub
von Blanka Trunitschek

Hanna räumt den Frühstücks-
tisch ab, überlegt kurz, was sie heute
kochen wird und geht einkaufen. Der
kleine Holzstand mit Lebensmitteln auf
der anderen Straßenseite ist schon ab-
gebaut, er war ohnehin nur für die
Übergangszeit aufgestellt. Jetzt hat die
neue Siedlung eine ordentliche Einkaufs-
stätte, gleich hinter dem Kindergarten und
der St. Theresia Kirche. In einem Lau-
bengang gibt es mehrere Einzelgeschäfte
wie Bäcker, Metzger, Drogerie, Friseur,
Fernsehladen und Apotheke, und um die
Ecke ist ein Edeka. Dort kauft Hanna nur
das Nötigste, der Preise wegen. Sie fährt
lieber einmal in drei Wochen in die
Nachbarstadt Neuss nach HUMA, wo sie
Großeinkauf macht.

Hanna ist sehr sparsam, sie
wohnt mit ihrem Mann hier im fünften
Jahr, und die Zwei-Zimmer-Wohnung ist
schon komplett eingerichtet. Aber Hanna
juckt es schon in den Fingern: sie möchte
mitverdienen. Sie sucht jeden Tag in der
Zeitung alle Anzeigen durch, aber findet
nur kleine Aushilfsstellen, später wird man

Jobs dazu sagen. Die sind nur für paar Stunden und befristet auf kurze Zeit. Eines Tages ist aber doch etwas Passendes dabei: Ein Arzt sucht eine Arzthelferin. Schon sieht sie sich im weißem Kittel mit den Patienten plaudern, dem Arzt verschiedene Dinge reichen und telefonische Verbindungen herzustellen.

Sie ruft dort an. Ja, heißt es, kommen Sie vorbei, antwortet eine großväterliche Stimme. Hanna wird abwechselnd heiß und kalt, so schnell hat sie mit einer Zusage nicht gerechnet.

Sie bespricht sich kurz mit Viktor, der ahnt, dass Widerstand zwecklos ist, und am nächsten Tag, als die Moni im Kindergarten ist, fährt sie mit dem Bus, um sich zu bewerben.

Es ist eine Halbtagesstelle, was Hanna sofort akzeptiert, (wer sollte sich sonst um ihre Tochter kümmern, wenn sie nicht zu Hause ist?). Er erklärt, dass er 365 Mark zahlt für die Arbeitszeit von 8 - 12,30 Uhr. Weil ihr der Begriff eines Girokontos noch nicht bekannt ist, zahlt der Doktor das Geld in einem Umschlag und vielen Münzen.

Das Arbeiten ist schön, die kleinen Handgriffe lernt Hanna sehr schnell, auch die Begriffe aus Anatomie, Chemie und Biologie sind ihr noch aus der Schule bekannt.

Der Chef ist ein Brummer, wenn er das Haus betritt, verbreitet sich gleich der Geruch einer Zigarre im Flur. Das Anmeldezimmer ist durch einen zwanzig Meter langen Flur von den zwei Sprechzimmern getrennt, das sorgt für ständige Bewegung und Hannas gute Figur.

Als eine Pharmafirma den Chef zur einer Tagung nach Island einlädt, bleibt Hanna in der Praxis allein. Sie darf in der Zeit neue Krankenscheine annehmen, das Telefon bedienen, das Gesprächsprotokoll führen und die Termine nach seiner Wiederkehr machen.

Und der Doktor ruft auch an.

"Wie viele Neue haben wir?", fragt er die überraschte Hanna, die vor Schreck beinahe in den Hörer beißt.

Was heißt "Neue"?

Na, wie viele neue Scheine für das Quartal sie schon angenommen habe?

Hanna kann keine exakte Zahl nennen, ihr ist es doch egal! Dem Doktor nicht, trotz des Aufenthalts im

Land der Geysire und schwefellastiger Luft will er wissen, ob er nicht pleitegeht! Unverzeihlich, dass Hanna diese charakteristische Frage des Kapitalisten nicht verstehen kann. Wie viel Scheine, wie viel Geld bringt es, wie viel kosten die Schuhe, das hat sie früher im sozialistischen Leben nicht interessiert!

Nach einem Jahr meint Hanna, dass sie einen Urlaub nötig hätte,Viktor kann in seiner Arbeit auch um Urlaub anfragen. Als er die Erlaubnis bekommt, fragt Hanna auch ihren Chef, der zwar nichts davon hält, aber schlussendlich muss er nachgeben, man kann ja nicht getrennt in Urlaub fahren, da ist Hanna bestimmend genug.

Sie haben sich für paar Tage in Holland im Zoutelande im Camping eingemietet. Ihr erstes Auto, der Ford Taunus, ist bequem, und die drei Stunden Fahrt sind nicht so anstrengend. Zoutelande bleibt der Inbegriff des Urlaubs am Meer, am Strand. Es ist ein Campingplatz, wo sich ein Wohnmobil an das nächste reiht, wo man sich in den öffentlichen Duschen die Zähne putzt und wo ständig ein scharfer Wind weht, wo vor der heißen Sonne kein Verstecken möglich ist.

Hanna ärgert sich über die Unordnung auf den Toiletten, Kinder haben Clopapierrollen abgerollt und überall flattert das weiße Papier. Plötzlich geht eine Radiostimme durch den Campingplatz. Es wird gemeldet, dass in München die Sommerolympiade mit einem terroristischen Einschlag überschattet wurde. Die Zeitung bringt diese Nachricht:

Tag nach Spitz' letztem Triumph zerstört der Terror die heiteren Spiele. "Schwarzer September" nennt sich das palästinensische Terror-Kommando, das in den frühen Morgenstunden des 5. September in das Haus Connollystraße 31 im Olympischen Dorf eindringt - ins Quartier der israelischen Mannschaft. Ringer-Coach Moshe Weinberg wird durch die geschlossene Tür erschossen, weitere Israelis werden gefangen genommen. Die Terroristen fordern ultimativ die Freilassung von 200 in Israel inhaftierten Arabern und drohen, die Geiseln sofort zu erschießen. Nach Verhandlungen mit Bundesinnenminister Genscher und Polizeipräsident Schreiber lassen sich die Verbrecher am Abend mit den Geiseln zum Flugplatz Fürstenfeldbruck bringen. Dort will die Polizei der Geiselnahme ein Ende bereiten. Doch der Einsatz wird zum Desaster. Die Befreiungsaktion endet in einem unkontrollierten Feuergefecht. Fünf der acht Terroristen, ein Beamter und alle Israelis kommen ums Leben.

Manche Urlauber haben ein Fernsehgerät, und abends schaut man gebannt auf den Bildschirm oder hört das Radio, was die deutsche Regierung zur Lösung des Dramas tun will. Die Erholung ist gleich Null. Nach zwei Tagen ist Hannas bis dahin alabasterweißer Rücken rot wie ein abgebrühtes Schwein, sie bekommt Fieber und Halsschmerzen, und sie müssen nach Hause. Das Traurigste passiert in der kurzen Zeit, als sie ein Stück zum Wasser gehen; Viktor hat vorher im Camper alles ordentlich aufgeräumt und ihr neues Kofferradio Telefunken wie zur Schau auf den Tisch vor das kleine Küchenfenster gestellt. Als sie zurückkommen, ist es nicht mehr da. Es war das erste Luxusstück, etwas, was man sich "leisten" darf, wenn alles

Wichtige schon vorhanden ist. Ein schmerzhafter Verlust.

Wieder zu Hause liegt Hanna mit Schüttelfrost im Bett, Viktor, nicht weniger entkräftet, macht mit Moni Spaziergänge im nahegelegenen Wald, und sie spielen zusammen.

Hanna fühlt sich kraftlos und verärgert. Viel lieber hätte sie einen Wanderurlaub in der grünen Natur. Die See, wo man so einen Sonnenbrand bekommt, ist nicht ihr Ding. Und die Freude des Chefs über ihr verspätetes Erscheinen hält sich auch in Grenzen.

Kartoffelbovist und Schmarotzer-Röhrling
von Brigitte Prem

Später werden die Menschen sagen, er sei giftig. Sie werden den Kartoffelbovist nur mit einem Stöckchen angreifen, um ihn bewundern zu können. Bäume werden sich nach der „Mykorrhiza" sehnen: Die Pilzfäden umhüllen die Wurzeln, es gibt einen Austausch von lebenswichtigen Substanzen.

Aber noch war seine Seele in den Sporen, die der Wind durch den Wald trug. Ein kleines Menschenkind hatte mit einem Stöckchen auf seinen Vaterpilz geschlagen, weil er dessen Puff hören wollte. Der Kartoffelbovist war alt genug; er machte zur Freude des Kindes „Puff", und ein schwarzes Pulver, seine Sporen, stiegen auf. Die Sporen sind ungiftig. Die Mutter sah darauf, dass das Kind den Pilz nicht berührte. Das Kind klatschte vor Freude in die Hände. Zum Glück für unsere kleine Pilzseele war es windig und die Spore wurde auf einen feuchten Moos-Boden im Wald geweht.

Auf dem feuchten Boden unter dem Moos in der Erde entstand das lang lebende Myzel. Es ist das eigentliche Lebewesen. Wie der Apfelbaum Äpfel trägt, so trägt das Myzel die Pilze. Die Pilze sind Früchte des Myzel wie die Äpfel Früchte des Apfelbaumes sind. Das Myzel sucht die Zusammenarbeit mit den Waldbäumen. Die Pilze holen Nährstoffe wie Stickstoff oder Phosphor aus dem Boden und leiten diese an die Pflanzen weiter, die dadurch üppiger gedeihen können; im Gegenzug werden die Pilze von den Bäumen mit Kohlenhydraten versorgt. Diese Zusammenarbeit nennt man Symbiose. Unser kleiner Pilz würde sich einmal entscheiden müssen, wem er seine Kräfte gab. Denn ein anderer Pilz suchte seine Sporen zu verbreiten, der Schmarotzer-Röhrling. Aber noch suchten die Sporen sich in den feuchten Boden einzugraben und über den Winter das Myzel zu bilden. Das kleine Menschenkind war inzwischen mit der Mutter nach Hause gegangen. Es hatte einige hübsche Baumpilze mitgenommen: Schmetterlings-Trameten und Zunderpilze, mit denen man früher Feuer machte.

„Haben! Haben!" sagte das Kind, und die Mutter legte die Pilze in ein kleines Säckchen, das das Kind selbst trug.

Es kam das Frühjahr und der Frühsommer. Das Myzel breitete sich im Boden aus und fing an, die Früchte, die kleinen, knollenartigen Pilze, zu formen. Das kleine Menschenkind war gewachsen, und es sagte nicht mehr "haben", sondern es sagte: "Dachs will haben", denn der Spitzname seiner Eltern für ihn war „Dachs". Oder er sagte auch: „Dachse mögen das."

Seine Mutter ging mit ihm jeden Tag in den Wald. Sie wollte, dass er gerne seine Füße bewegte. Manchmal trug sie ihn die letzten 100 Meter auf dem Heimweg, wenn sie sah, dass er wirklich sehr müde war. Im Wald lehrte sie ihn die Beeren, die essbaren und nicht essbaren Pflanzen. Pilze gab es noch keine, aber man freute sich auf die Pfifferlinge.

Und dann kam auch die Zeit, als der Wald übersät war von den Eierschwammerln.Verwechslungsmöglich-keiten mit giftigen gab es keine, und so durfte das kleine Menschenkind selbst sammeln.

Unser Kartoffelbovist hat inzwischen Freundschaft mit einem Nadelbaum geschlossen. Der Pilz zapft die Wurzeln des Baumes an und gewinnt so den Zucker, den er zum Wachsen braucht. Der Baum dagegen nimmt die wertvollen Mineralien auf, die der Pilz ihm zur Verfügung stellt. Das ist eine "Freundschaft", aus der beide Partner ihren Nutzen ziehen.

Und dann hat sich unser Kartoffelbovist verliebt. Nur aus der Verbindung von zwei primären Myzelien gegenteiligen Geschlechtes kann eine neue Pflanze, ein neuer Pilzorganismus entstehen, der fähig ist, ein vollständiges vegetatives Leben zu führen, also sich zu ernähren, zu wachsen und sich zu vermehren, indem er zu einem gegebenen Zeitpunkt die Fruchtkörper bildet, die allgemein Pilze genannt werden.

So ist das also: Auch Pilze verlieben sich.

Es kam der Sommer, und unser Kartoffelbovist lugte aus dem Moos. Das kleine Menschenkind hatte gelernt, Kartoffelpilze nur mit einem kleinen Stecken anzugreifen, denn für Menschen sind Kartoffelboviste giftig. Es gab viele Kartoffelboviste, deshalb erlaubte die Mutter die Spielerei, damit das Kind ein Gefühl für die Natur bekam. Aber unseren Kartoffelbovist erwischte er zum Glück nicht.

„Puff", sagte Dachs.

„Nein, sie puffen erst, wenn sie sehr alt sind." erklärte die Mutter. Der Schmarotzer-Röhrling bildet eigene Mykorrhiza-Myzelfäden zu Bäumen und befällt erst den Kartoffelbovist, wenn ihm die Nährstoffe nicht mehr ausreichen. Aber es war ein sehr trockener Sommer, und viele Schmarotzer-Röhrlinge hängten sich an die Kartoffelboviste an, manchmal drei oder vier an einen. Auch unser kleiner Kartoffelbovist wurde befragt:

„Hilfst du mir."

„Nein", sagte der Kartoffelbovist. „Wenn ich dir helfe, kann ich mich selbst nicht mehr vermehren".

Und er schloss sich in sich ein und versteckte sich unter seinem Symbiosebaum.

Schmarotzerröhrlinge sind sehr selten, und man empfiehlt Pilzsammlern, sie zu schonen, obwohl sie essbar sind. Sie sind ungiftig, obwohl ihr Wirt, der Kartoffelbovist, giftig ist.

Das kleine Menschenkind kam mit seiner Mutter in den Wald.

„Ich kann es nicht glauben!" rief die Menschenfrau.

Das kleine Menschenkind schaute auf.

„In allen Pilzbüchern wird der Schmarotzer-Röhrling als selten bezeichnet, und hier gibt es so viele!"

„Dachse mögen das," sagte das Kind.

„Da es so viele sind, nehmen wir zehn mit, für eine Mahlzeit."

Vorsichtig, ohne den Kartoffelbovist zu berühren, pflückten sie zehn Schmarotzer-Röhrlinge. Dann gingen sie heim.

Tiere - Haustiere
von Blanka Trunitschek

Als die Kinder noch klein waren, wünschten sie sich ein Haustier. Ich selbst kann mich nicht erinnern, dass ich mir als Kind ein Tier wünschte, höchstens wollte ich reiten, aber nie hätte ich den Wunsch geäußert, ein eigenes Tier zu haben.

Dort, wo ich die Ferien verbrachte, hatte die Tante einen schwarzen Neufundländer, der war an einer schweren Kette festgemacht, und ich hatte eine große Angst vor ihm. Bekanntlich sind die Hunde scharf, wenn sie sich nicht frei bewegen können, und melden jede fremde Bewegung mit einem lauten Bellen. Mir reichte schon das Fahren der Kette entlang der Stange, die in Fünfmeterhöhe angebracht war, und ich verkroch mich in die letzte Ecke.

Nichtsdestotrotz bekam der vierjährige Milan ein Rotkehlchen, das sein Vater gerettet und für welches er einen Bauer besorgt hatte. Man nannte ihn Peter. Ich wunderte mich, dass sich so ein Vogel hatte fangen lassen, aber Gerdi erklärte, dass er einen gebrochenen Flügel habe, und wenn er einmal gesund sei, würde er wieder frei gelassen. Nach etwa einem Jahr hopste Peter vergnügt in dem Vogelhaus und wurde dann tatsächlich freigelassen. Dem kleinen Milan sagte man, dass er leider entflogen sei, und deshalb würde er sich schon selbst versorgen können.

Auch unsere Tochter jammerte mir später vor, dass der oder jener in der Klasse ein Haustier besäße, und sie wolle auch eins. Wir kauften ein Kaninchen. Den Käfig hatte Viktor von einem Kollegen bekommen, und wir kauften Futter. Nach einigen Monaten, als der Frühling kam, dachte ich mir, das Kaninchen kann doch auch etwas Grünes zum Füttern bekommen, und gab ihm ein Salatblatt. Großer Fehler. Das Kaninchen bekam Durchfall und wurde von Minute an dünner. Als Moni aus der Schule nach Hause kam, war das Tier steif wie ein Brett. Beherrscht packte sie einen Schuhkarton, bettete das Kaninchen hinein, und zusammen mit Viktor gingen sie in den Wald, um es zu beerdigen.

Milan-Vater nahm bei seinen Waldläufen einen Nachbarshund mit, einen Jagdhund. Ein schönes junges Tier, kastanienbraun, lange Beine, samtige Ohren. Beide spielten Wettrennen, und beiden hat es gefallen. Nur, dass einmal der Hund schneller war als der Mensch und lief gegen ein fahrendes Auto an. Immer habe ich vor den Augen, wie Milan ihn leblos auf den Händen nach Hause trug und weinte.

Als wir einmal eine Wanderung in ein Waldgebiet unweit von uns unternahmen, streunte ein Kätzchen ständig um uns herum. Als wir nach zwei Stunden zurück zum Auto kamen, saß das Kätzchen unter dem Auto. Sofort hieß es: Das arme Kätzchen! Das ist sicher verlassen, niemand wird sich um es kümmern, sicher hat man es ausgesetzt. Wir nahmen es mit und gaben ihm einen Namen: Schnurri. Schnurri miaute und lief im Hause herum, ließ sich kraulen und bekam Dosenfutter. Wie alt sie war, wussten wir nicht, schätzten sie auf nur einige Wochen. Man sagte uns, dass sie ein Herbstwurf sei, und demnach würde sie nicht sehr robust sein. Als sie einmal in der Küche beim Kochen zusah und auf den Tisch sprang, wollte ich sie verwöhnen und gab ihr ein Stück rohe Leber, was sie mit Appetit verschlang. Es bekam ihr nicht. Sie bekam Durchfall. Den Gang zum Tierarzt und das nachträgliche Impfen konnten wir uns sparen. In zwei Tagen war sie im Katzenhimmel. Wir entsorgten traurig den Korb und das Kissen.

Die Oma, Viktors Mutter, hatte uns einen Wellensittich vererbt. Den nahm sie immer mit, wenn sie mit dem Zug unterwegs war. Eigens für die Reisen hatte sie einen Minikäfig, nur einige Zentimeter groß, welchen sie immer in der Reisetasche versteckte. Einmal machte der Vogel sich bemerkbar: Als der Schaffner ins Abteil kam um die Fahrkarten zu kontrollieren, ertönte es aus der Tasche, die auf dem Gepäcknetz stand: „Arschloch"! Der Schaffner lief rot an, und Oma musste sich entschuldigen und den ungezogenen Vogel schimpfen. Wir kauften für den Puzzi, wie der Wellensittich hieß, einen großen Käfig, damit er es ja schön hatte. Beim Putzen des Käfigs flog der Gefangene heraus und knabberte sämtliche Bücher im Regal an. Aber er ließ sich wieder einfangen, hauptsächlich dann, wenn er eine Sesamstange bekam. Oma wohnte inzwischen an der Nordsee, und wir wollten sie besuchen und ihr den

Vogel vorzeigen, wie gut es ihm bei uns geht. Es sind bald sechs Stunden Fahrt, und so machten wir einmal Pause. Viktor meinte, dass auch der Vogel frisches Wasser bekommen sollte, und machte den Käfig auf, um das Schälchen zu füllen. Frrrr, rauschte es um unsere Ohren, und der Puzzi ward nie mehr gesehen.

Milan brachte von seinen Reisen in Spanien einen Kater mit. Er wusste wohl, dass er sich um den nicht kümmern konnte, aber wollte, das Gerdi, seine Mutter, eine Unterhaltung hat. Der Kater ging auch jeden Morgen mit ihr bis zu S-Bahn, aber auf dem Rückweg wurde der Kater von einer Nachbarin angelockt, und sie verwöhnte ihn mit Leckereien. Irgendwann lag die Katze wie tot auf dem Weg, und die Nachbarn schafften sie zum Tierarzt. Jemand hatte sie beschossen. Man musste ihr den Schwanz amputieren. Als sie nach Hause kam, fragten die Nachbarn Gerdi, ob sie den Kater behalten durften. Sie hatten mehr Zeit für ihn, und das junge Mädchen, das dort wohnte, freute sich riesig. Bis der Kater eines natürlichen Todes starb.

Wir beschlossen, keine Tiere mehr anzuschaffen, Moni nahm in den

Ferien manche Hunde in Obhut, und unser Sohn versuchte es einmal mit vorzeitlichen Krebsen, die im bracken Wasser wohnten, und mit einem Stallhasen aus der Schulklasse. Zwar nagte dieser alle Stromleitungen an, und verlor seine Kötteln in allen Ecken des Kinderzimmers, aber nach den Ferien waren wir ihn los.

Trotz der Tatsache, dass wir ein kleines Gärtchen haben und ein Tier sich hier tummeln kann, bin ich dagegen, eins zu halten. Meiner Meinung nach gehört ein Tier auf den Bauernhof oder in die freie Natur. Gegen die Vögel, die sich ihr Futter im Vogelhäuschen holen, habe ich nichts einzuwenden. Manchmal verirrt sich auch eine Maus auf die Terrasse, aber damit hat es sich. Viktor hatte als Kind Hühner um sich, die man beim Wohnungswechsel allesamt schlachten musste, deshalb mochte er anfangs kein Hühnerfleisch. Auch Fisch mag er nicht zu essen, weil er als Kind von einer Mutter erzogen wurde, bei der er, da ein Forellenteich vorhanden war, ständig Fisch essen musste.

Das kleine Mädchen
von Brigitte Prem

Ein dünner Wanderpfad. Links die nur drei Mal im Jahr gemähte Bauernwiese mit herrlichen Blumen, Marguariten, Glockenblu-men und auch Hahnenfuß, wohl etwas giftig, aber das Vieh mied den ohnehin, und im trockenen Zustand verschwand das Gift. Weiter ein Feld, und an dessen Rand Kornblumen und Klatschmohn. Eine Rasenfläche, Gras, das, weil dann andere Blumen und Kräuter wie Gänseblümchen gedeihen, öfters gemäht wurde.

Auf der rechten Seite Wald. Dicht bisweilen, aber das kleine Mädchen zwängte sich jauchzend durch das Unterholz. Und sie ging und krabbelte und genoss die Wildnis.

Ein Blaubeerfeld. Mmmm!

Sie stolperte über Wurzeln, kraxelte aber gleich wieder auf, wie kleine Kinder tun, neugierig, was das Leben noch bereit hielt. Es wurde windig, und die warme Luft fuhr ihr durch's Haar. Mit einem Wisch mit der Hand und ein bisschen Kopfschütteln brachte sie das in Ordnung.

Sie erkannte die Spur der

Rehgeiß und im Unterschied dazu des Rehbockes, dessen hintere Zehen sich fester in den Schlamm drückten.

Allmählich wurde sie müde, aber sie wusste nicht mehr, wohin. Ein bisschen torkelte sie noch weiter, aber gewohnt, dass alle ihre Probleme von Erwachsenen gelöst wurden, fing sie zu weinen an.

Es regnete. Die hohen Bäume hielten das ärgste Wasser ab, aber doch wurde sie nass.

Durch die Waldriesen hindurch sah sie etwas Weißes. Sie taumelte darauf zu, es war eine Frau.

"Was tust du hier?" fragte sie in einem sonderbar singenden Ton, denn sie war eine Salige, eine der Nachkommen der Leute von Sala, die in den Wald geflohen waren, als die Feinde die Stadt überfielen. Die Sprache der Bevölkerung war eine Fremdsprache für sie, die sie nicht ohne erkennbaren Akzent sprechen konnte.

Mitleidig blickte sie auf das Mägdlein, streckte ihre Arme aus, und die Kleine fiel hinein. An ihrer Schulter schluchzte sie noch eine Weile, dann schlief sie ein.

Die salige Frau atmete tief durch und begann den Abstieg. Sie kam an Tümpeln vorbei und erschrak. Welchen Gefahren war das Kind entkommen!

Sie fürchtete sich, denn sie war Menschen nicht gewohnt. Als sie den Wald verließ, kam sie an ein Haus, wo eine Frau Wäsche auf eine Wäschespinne aufhängte. Sie drückte der das Kind in die Arme, die gleich ein Wäschestück fallen ließ.

"Oh, mei, die Meier Marie", rief sie.

Das Salkweib hatte sich schon umgedreht und lief eiligen Schrittes dem Wald zu. Mit offenem Mund sah die Hausfrau ihr nach, dann besann sie sich ihrer Pflicht und brachte das Kind zu seiner Mutter.

Eine Dampflockfahrt
von Blanka Trunitschek

Am Samstag hatten wir einen Termin mit Moni und Stefan, zum Fahren mit der Dampfeisenbahn. Sie hat in der Zeitung gelesen, dass es wegen Corona letztes Jahr nicht hat stattfinden können, aber dieses Jahr kann die Hälfte der Plätze besetzt werden. Ich hatte keine große Lust. Mit einer Dampflok sind wir einmal im Zillertal gefahren, die Fenster waren nur Lücken in der Konstruktion, wie es in dem 19. Jahrhundert so gewesen ist. Und man hatte dadurch die volle Ladung des stinkenden Qualms und des Russes im Gesicht.

Nicht so diesmal. Die Lok war schon etwas neuer, ich denke, vielleicht aus den 30ger Jahren. Wir hatten einen Waggon der Extra Klasse mit Polstergarnituren, und auf den Gepäckträgern war sichtbar, dass sie in der heutigen Zeit nachgearbeitet worden waren. Alles perfekt, keine Anzeichen von Verschleiß. Dagegen in den anderen Waggons machte man Bekanntschaft mit der Dritten Klasse, die für das gemeine Fußvolk bestimmt war. Holzbänke, die waren an den Wänden aufgestellt, damit man in die Mitte das Vieh, sprich Hunde, Körbe mit Hühnern, oder auch Ziegen hinstellen konnte. Und später dann die Rucksäcke, wenn man wandern war.

Aber es gab auch einen Speisewagen, Leute kauften sich Kuchen oder belegte Brote. Mit Getränken lief ein Eisenbahnbediensteter, der verkaufte mit seiner Helferin kleine Flaschen Kola oder auch Bier und sogar Sekt. Und, natürlich, ich musste auf die Toilette. Erst denkt man, dass man noch lieber wartet, bis man irgendwo draußen gehen kann, aber wenn es unausweichlich wird, geht man eben im Zug. Die Bedenken waren unnötig. Als ich wieder kam, sagte Moni: Hast du gesehen, die Schüssel und das Waschbecken waren aus der berühmten Keramikherstellung von Villeroy & Boch! Ja, gab ich dazu, und die Klobrille mit Deckel waren aus Mahagoniholz! Das war sicher ein Spezialwaggon für Betuchte!

Aber viel wichtiger war, die Strecke, die der Zug zu bewältigen hatte, zu beobachten. Man fuhr über Paderborn und weiter in das Eggegebirge. Ich hatte das Gebiet noch nie besucht, deshalb dachte ich, der Name kommt von einem

Fluss. Nein, Egge ist ein See, habe ich mir vom Stefan sagen lassen. In Erinnerung sind mir von all den Ortsnamen Paderborn und das Altenbeken im Gedächtnis geblieben.

Es waren vielleicht sechs Stationen auf der Hinfahrt und genauso viele auf der Rückfahrt. Manchmal machte der Zug Pausen, und die Leute konnten aussteigen oder einsteigen, vielleicht waren sie wandern oder wohnten in diesen schönen Orten. Wobei die Hinseite bergiger war, die Rückfahrt ging schon schneller auf einer Ebene. Ich schätzte die Höhe der Berge etwa über 550 m, sehr malerisch, bewaldet, einen Kahlschlag haben wir nur einmal, kurz nach Bielefeld, gesehen.

Ich muss noch etwas zur unserer Hinfahrt nach Bielefeld bemerken. Wir sollten um 12 Uhr bei Stefan sein, Moni hatte noch Sport und würde später kommen. Aber wie das bei uns ist, er hat immer so viel vor der Abfahrt zu tun, so dass wir erst um 10.30 losgefahren sind, und im Auto sagte er, jetzt müssten wir doch noch paar Blumen kaufen.

Also los zum Holländer, und ich sagte noch, kaufe nichts für alte

Damen. Wie? fragte er. Na, du kaufst immer die fertige Nulla-acht-fünfzehn Sträuße , die sind nicht für junge Frauen wie unsere Tochter. Gut. Ist hin, ich blieb im Auto. Und bin immer höher und höher gewachsen, bis er dann endlich mit einem Blumengebinde kam. Da hat er sich wieder durchgesetzt, ein stufiges Bouquet zu bestellen, was unheimlich viel Zeit in Anspruch nimmt, und man kann es nicht so in die Vase tun, dass auch alle Blumen genug Wasser bekommen. Macht er immer. Inzwischen war es schon kurz nach 11, es war klar, dass wir nie um 12 Uhr in Bielefeld sein würden.

Die A 46 nach Hilden voll, nach Hagen wurde sie noch voller, und zweimal mussten wir stehen bleiben. Es waren Ferien, der erste Tag davon, alles fährt zum Meer! Erst als sich die A1 von der A2 getrennt hatte, wurde es besser, aber dann war schon 12 Uhr, und ich schrieb Stefan, dass wir das naturgemäß nicht schaffen könnten. Er rief zurück, aber ich konnte neben dem Autorauschen nichts anderes mehr hören, und so sagte ich ihm, dass er mir alles schreiben soll. Er bestellte dann etwas beim Italiener, und wir kamen gleichzeitig mir der Moni ins Haus.

Also alles gut, wir aßen, und um 16 Uhr ging die Fahrt mit dem Zug los. Insgesamt waren wir vier Stunden unterwegs. Anschließend hatten wir unsere Rückfahrt noch vor uns und waren um 22,30 Uhr zu Hause, machten schnell ein Glas Würstchen auf und gingen gleich mit dem vollem Bauch ins Bett.

Ich habe wunderbar geschlafen. Ob, weil ich so viel gegessen habe oder weil wir so viel unterwegs waren. Aber der Tag war einfach schön!

Viktor war anschließend so begeistert und untersuchte das Gesehene noch mit Hilfe des Google. Er fand nach der Fertigungsnummer die gleiche Lok, und nach einer Weile sagte er: "Ich mache einen Lehrgang in Dampflockfahren!"

Aus dem Leben gefallen
von Brigitte Prem

Tiefblauer Himmel, strahlende Sonne, die den Bürotisch beschien – ein Widerspruch zum Ernst der Sache. Die Bäume streckten ihre dürren Zweige zum Fenster und reckten sie in die Höhe ins Wolkenlose. Hinter den Bäumen versteckte sich eine Schnellstraße, die dicht an Häusern, Einfamilienhäusern und einem Riesenwohnblock vorbeiführte und die Menschen mit ihren Schicksalen einschloss, über die hier in der Firma entschieden wurde.

Der Firmenchef hatte den Abteilungsleiter zu sich beordert:

"Wir können nur mehr fünf hundert bezahlen. Hundert müssen noch entlassen werden."

Der Abteilungsleiter schaute betrübt auf die Liste, die von dem durch das Fenster kommende Licht glänzte.

"Nicht Hans Meyer," sagte er, "nicht den."

Er schaute durch die Fensterscheibe; links schoben sich tiefschwarze Wolken in verschiedenen Grautönen übereinander, hellgrau bis grauenerregend dunkel.

"Nicht Hans Meyer," dachte er. Viele Male hatte er die Situation gerettet, durch seinen Charme, der Streit aufgelöst hatte, durch seine still schweigende Bereitschaft, Arbeit zu übernehmen, wenn sonst niemand bereit war.

"Er hat in fünfzehn Jahren niemals gefehlt."

"Schlagen Sie andere vor!"

Der Abteilungsleiter wand sich. Neben dem Wohnblock seit Jahren brach liegende Wiesen, verwachsen mit Diesteln, unfruchtbaren Brombeersträuchern, hartes Gras, das Ganze durchdrungen und überwuchert mit Winden, die im Sommer sogar recht hübsch aussahen.

"Albert," schlug er vor.

Der hatte zwar auch Frau und Kinder, seine Frau hatte ihn noch dazu mit einem anderen Mann verlassen, aber er stand kurz vor der Rente, und die würde für seinen Lebensunterhalt und die Alimentezahlung ausreichen, wenn alle Familienmitglieder etwas bescheidener lebten. Er arbeitete lässig, nicht unintelligent, aber er kam oft nicht, "machte blau", wie es im Angestelltenumgangston hieß.

Eine weiße, fluschige Wolke schob sich vor die Sonne. Hohe Thujen grenzten manche der Einfamilienhäuser ein, hohe Thujen, die die Einsicht der Vorübergehenden auf den gepflegten Rasen verwehrten. Reiche Häuser. Auch der Firmenchef hatte ein solches. Daneben, auch dazwischen, Mischhecken, Spielwiesen mit Spielgeräten. Häuser, die noch abbezahlt werden mussten. Keine Schwimmbecken, nicht notwendig wegen des nahe gelegenen Sees.

"Also, Albert, wen noch?"

"Ich habe jetzt Mittagspause."

Der Abteilungsleiter unterbrach das Gespräch so abrupt, weil er sich vom Firmenchef in die Enge getrieben fühlte.

Thujen nannte man auch Lebensbäume. Schützten sie das Leben derer, die sie eingrenzten? Sie schirmten sie ab.

Der Abteilungsleiter ging. In der Pause setzte er sich zu Michael, einen Technischen Zeichner. Das Essen der Kantine war ausgezeichnet, immer frisch gekocht, nicht aus der Tiefkühltruhe wie bei dem Betrieb, bei dem er früher gearbeitet hatte.

"Michael, du könntest dich bei Abteilung B bewerben. Da ist ein Posten frei."

"Da mach ich nur, was der Konstrukteur vorgibt. Hier bin ich an Ausmessungen und Detailerhebungen beteiligt. Außerdem ist der Lohn höher."

"Aber der Posten ist sicherer."

Michael verstand. Er machte ein entsetztes Gesicht. "Das sagst du als mein Feuerwehrskamerad!"

Die Freiwillige Feuerwehr, der beide angehörten, band sie aneinander.

Der Abteilungsleiter sagte nichts und schaufelte nur seinen Reis in sich hinein, den Kopf über dem Teller geneigt.

"Ich verstehe."

Nach dem Essen verließ der Abteilungsleiter einige Minuten das Gebäude. Das Sonnenlicht überflutete sein Gesicht. 'Viel zu warm für Anfang Februar", dachte er, aber auch da konnte er nichts machen.

Michael bewarb sich in Abteilung B. Er hatte Familie und musste Rechnungen bezahlen; er hatte ein Haus gebaut.

Ein anderer, dem der Abteilungsleiter auf gleiche Art helfen wollte, kündigte. Vielleicht hatte er woanders etwas Besseres gefunden. Er war jung und ungebunden. Man hat nichts mehr von ihm gehört.

Frühlingswunder
von Blanka Trunitschek

Heute stand ich in den Regen auf. Die Tropfen glitzern und fallen von dem Miniahorn, der vor meinem Fenster steht. Ich sage Miniahorn, weil er nicht wie ein normaler Baum in der Erde steckt, sondern im großen Steingutstopf. Es gibt drei solche Töpfe. In einem ist eine Birke, die schon über vierzig Jahre alt ist, in dem nächsten dieser Ahorn und noch befindet sich eine Kiefer auf der Terrasse, als kleine Konifere gekauft, heute nach japanischem Stil beschnitten. Damals, als wir hier einzogen, wollte ich ganzen Wald haben, aber leider ist der Garten so klein ausgefallen, dass wir eine andere Lösung meines Wunsches finden mussten. Die drei Bäume sind etwa eineinhalb Meter groß und bieten mir im Sommer genug Schatten, so dass ich keine Markise brauche, wie die Nachbarn. Daneben habe ich auch Bonsai-Bäume, die bieten andren Lebewesen einen Versteck vor der heißen Sonne.

Es ist sehr kalt, ich schaue auf den Thermometer, 4 Grad! Und das im Mai! Sonst hüpft hier schon das Eichhörnchen herum, aber ich sehe es nicht! Wahrscheinlich friert es auch und ist in ihrem Unterschlupf geblieben.

Aber die Meisen sind fleißig. Sie haben jetzt Junge, es piepst ununterbrochen im Vogelhäuschen. Schlafen die überhaupt nachts? Beide Eltern fliegen abwechselnd ins Häuschen. Zuerst flog immer nur eine das Futter holen, die andere wärmte die Brut. Wenn die Mutter die Flügel strecken wollte, durfte der Vater herein, sie setzte sich auf die Birke und zitterte wie Espenlaub.

Aha, die Amsel ist aufgewacht. Wenn wir frühstücken und die Bodenpicker hören, wie wir uns unterhalten, kommen alle angeflogen. Dann eilt der Mensch, ihnen etwas auf den Boden zu streuen. Da kommt das Rotkehlchen. In der letzten Zeit sehen wir sogar ein zweites, ich vermute, dass sie ein Pärchen sind. Das Männchen hat keine Scheu. Es kommt immer, wenn Stan im Garten werkelt, und er muss aufpassen, dass er es nicht platt tritt. Zu neugierig schaut es, was er wohl tut.

Inzwischen ist Mittagspause, nur eine Hummel brummt herum. Was für Wunder, dass das Apfelbäumchen doch von "jemandem" bestäubt wurde, und es setzt Frucht an. Denn erstens frieren die Bienen auch, und zweitens haben wir einfach zu wenige Insekten. Kann man sich das vorstellen? Keine Bienen?

Der Bauer hinter unserer Siedlung hat Glykosat gestreut! Das ist zwar schon drei Jahre her, aber die Bienen und andre Insekten sind auf Ewigkeit fort.

Das Feld ist mit Häusern bebaut, und auf einem Rest, der blieb, werden nur Erdbeeren wachsen, nicht einmal mehr der Spargel. Deshalb haben wir auch weniger Vögel. Bin gespannt, ob sich der Bussard noch zeigt. Wenn der über mir flog, habe ich ihm immer zugewinkt. Aber ich sehe neuerdings Krähen auf unseren Dächern. Die haben zwar die lästigen Tauben verjagt, aber manchmal spielen sie auch mit den Bussarden, bis die vor Müdigkeit auf umstehende Bäume fliegen und dort bleiben. Einen Bussard höre ich sofort. Mit einem langen Pfiff macht er auf sich aufmerksam, ich denke immer, er will mich begrüßen.

Am Nachmittag kommen

auch die Vierbeiner auf die Terrasse. Das Eichhörnchen frisst den Vögeln alles weg, dass es nicht den Boden sauberleckt, grenzt an Frechheit!

Stan sagt immer, dass die jetzt ihr Abendbrot bekommen, und streut eine große Portion für alle hin.

Und dann kommen die Mäuse. Erst eine, die schleicht sich hinter der Gartenbank ganz vorsichtig, dann kommt noch eine dazu und das Spiel beginnt. Sie verfolgen sich in einem rasanten Tempo, manchmal springen sie um sich herum, über die Blumentöpfe und über die Blumenwurzeln. Und so wie sie gekommen sind, so schnell entfernen sie sich, ich weiß nicht, wo sie wohnen! Aber die Möhren fressen sie nicht, das weiß ich!

Spuren im Schnee

von Brigitte Prem

"Oh, die müssen gestern eine Party gefeiert haben!" rief die Wanderin, als sie auf die kleine Waldwiese kamen, die im Norden und Osten an einem dichten Forst anschloss. Es war am Vortag Schnee gefallen, und nun glitzerte in verschiedenen Funken die Sonne über das Weiß. Die Wiese war übersät von Spuren.

"Das hier war ein Hase", erklärte die andere. "Zwei Pfoten nebeneinander vorne, zwei hintereinander achtern."

"Er muss es ziemlich eilig gehabt haben. Zwischen den einzelnen Sprüngen ist viel Platz."

"Vielleicht wurde er verfolgt. Hier ist eine Fuchsspur."

"Nein. So möchte ich nicht denken. Er wollte sicher schnell in den Wald."

"Wieso? Du hast doch auch Fleisch zu Weihnachten gegessen."

Das Mädchen schaut ein bisschen betroffen. Aber heute will sie sich nicht mit der Lebensregel des Fressens und Gefressenwerdens auseinandersetzen.

Es ist ein Feiertag und Frieden.

"Woher weißt du, dass es eine Fuchsspur ist?" fragt sie interessiert.

Die hochgewachsene Blonde zeigte in den Schnee: "Die Gangart ist geschnürt, sagen die Jäger; das heißt konstant wie eine Schnur; außerdem sind die beiden vorderen Zehen so, dass zwischen ihnen und den beiden Außenzehen Platz wäre. Ich kann dich übrigens beruhigen: Der Fuchs bevorzugt Mäuse und Ratten. Besonders bei Aufforstungen wirkt er durch die Dezimierung der Mäuse, die erheblichen Schaden an Jungpflanzen hinterlassen, positiv auf die Entwicklung der Wälder ein. Darüber hinaus frisst er Insekten, Schnecken, Würmer. Auch Aas verschmäht er nicht, ebenso wenig Früchte und Beeren. Es ist sehr unwahrscheinlich, dass er deinen Hasen verfolgt hat."

"Na ja, so wie du es sagst, ist sein Nahrungsangebot sehr vermindert jetzt im Schnee. Außerdem: Die einzelnen Mäuse leben auch gern."

"Ja, ich habe einmal eine verfolgte Maus gesehen. Ihre Gestik ähnelte so erschreckend der des Menschen in einer ähnlichen Situation. Aber lassen wir das heute. Schau, hier ist die Spur eines Rehbocks!"

"Woher weißt du, dass es ein Rehbock war und keine Geiß?"

"Sieh hier die beiden Eindrücke hinten! Der Bock ist schwerer und hat einen festen Tritt. Da drücken sich die hinteren Zehen in den Boden ein. Und da ist eine Dachsspur! Wenn wir sie verfolgen könnten, kämen wir vielleicht an einen Dachsbau; Dachsbaue sind manchmal hunderte von Jahre alt."

Sie fanden dann noch Spuren von Amseln, Katzen aus der Nachbarschaft und Hunden der Spaziergänger und gingen erfüllt von den Erlebnissen heim.

Ich betrachtete die beiden Mädchen mit Freude; sie waren so jung und genossen das Leben. Sie brachten mich in der Folge dazu, über meine eigene Spur im Schnee nachzudenken. Als ich mit meinem Rollwagen einkaufen ging – denselben Weg, als ich am 13. August 1917 auf dem Fahrrad die saligen Frauen treffen wollte und Angst hatte, sie würden, weil ich etwas aus Eisen verwendete, das Fahrrad, nichts mit mir zu tun haben wollen -, versuchte ich, meine Spur zu deuten; sie war nicht konstant wie die des

Fuchses, was auf Instabilität schließen lässt. Ich versuchte mich herauszureden, dass der Boden an den Stellen, an denen ich ausscherte, uneben war. Als ich zurückging, war die Spur gerader, aber da war der Einkaufswagen voll und drückte schwer in den Schnee. Wie bin ich eigentlich?

Ein Paar macht ein Picknick
von Blanka Trunitschek

Marion ist schon einige Jahre Mitglied des Sportstudios SGL. Nicht nur weil sie sich auf den neuesten Geräten auspowern kann. Sie kann dort auch Kurse besuchen wie etwa Spinning oder Pilates. Heute hatte sie bemerkt, dass auf dem Laufband ein Neuer trainiert. Hübscher Kerl, denkt sie, toller Körperbau. Sie lächelt ihn an. Beide haben ihre T-Shirts durchgeschwitzt.

„Gut drauf!", bemerkt er kurz und lächelt ihr auch zu.

„Kommst du öfters?", Marion fällt gerade nichts Anderes ein, wie sie ihn sonst ansprechen könnte.

„Bin zugezogen, und du?"

„Schon Jahre! Ist doch prima hier, oder?"

Er stellt zwei Stufen höher ein und nickt nur. Schade, denkt Marion und läuft noch paar Minuten, schaut sich die Bilder auf dem Monitor , der über ihnen hängt an und hört der Musik zu. Überhört fast, als er nach ihrem Namen fragt.

„Marion", antwortet sie erfreut, „und du?"

„Mark", sagt er kurz, steigt aus, nachdem sein Band zum Stehen kommt, gibt ihr, schon auf dem Boden angelangt, die Hand und fragt: „Sehen wir uns dann?"

„Hm", nickt Marion. Was meint er mit 'dann', fragt sie sich, ich habe noch eine viertel Stunde, dann schnell duschen und nach Hause, die Oma will auch schon Feierabend machen. Meint er, ich hätte sonst nichts zu tun? Aber Mark ist schon in Richtung Duschraum verschwunden. Die Zeit ist um, sie schnappt sich ihr Handtuch und geht ebenfalls duschen.

Als Marion schon ins Auto steigen will, sieht sie Mark, wie er mit dem Fahrrad auf sie zusteuert.

„Ich dachte, wir trinken noch was zusammen", ruft er ihr zu.

„Geht nicht, tut mir leid. Die Oma passt auf meinen Sohn auf, und sie möchte auch gleich nach Hause."

„Na gut, wann bist du wieder hier?" Mark steht auf den Pedalen und lehnt sich mit einer Hand auf Marions Wagen.

„Ich kann immer dienstags und freitags. Dienstags mache ich noch eine Stunde Pilates obendrauf".

„Oh, was ist denn das?"
„Also, Männer habe ich da noch nicht gesehen, obwohl denen das auch nicht schaden würde. Es ist halt Gymnastik mit speziellen Stärkungsübungen für die Muskulatur. Aber beim Spinning, da gibt es Männer zuhauf."
„Du machst Spinning? Hab´ ich in Saarbrücken auch gemacht. Aber in eurer flachen Landschaft kann man sich das sparen und lieber in der Natur draußen fahren."
„Hast schon recht". Sie gibt sich einen Ruck: „Wir können mal Sonntag die Umgebung erkunden, wenn du dich noch nicht so auskennst."
„Wirklich? Hättest du dann keine Pflichten?" Mark kann es fast nicht glauben. Sie gefällt ihm, ist nicht überheblich und nicht einmal tätoviert, wie er das schon oft bei den Mädchen gesehen hat.
„Ich kann mal ausnahmsweise auch am Sonntag die Oma einbestellen", lächelt sie ihn an.
„O.K., dann bis Sonntag", meint er und setzt sich erfreut in Bewegung. Marion steigt ein, fährt los und ruft noch durch das geöffnete Fenster:

„Um elf?"

„Ja, eine gute Zeit, hier beim Club?"

„O.K." ruft sie und saust davon.

„Du bist aber gut ausgeschlafen", meint ihre Mutter, als sie am Sonntag hereinkommt. „Ich habe dich schon lange nicht pfeifen gehört". „Scheint doch die Sonne, da muss man gute Laune haben! Und danke noch mal, dass du kommen konntest", antwortet Marion und packt noch schnell zwei Tomaten in den Picknickkorb. Gestern hat sie alles vorbereitet: Kartoffelsalat, Frikadellen, ein paar Scheiben Brot, eine Flasche Cola und eine kleine Flasche Sekt sind auch dabei. Heute morgen ist sie schon früh aufgestanden und hat fieberhaft überlegt, was sie anziehen könnte. Die Jeans sind zu warm, kurze Shorts zu kurz. Dann hat sie das geblümte Sommerkleid gesehen. Das ist es, meinte sie zu sich, schön luftig und doch nicht zu „nackt". Und die dünnen Turnschuhe passen auch dazu, in den kann ich besser fahren als in den Sandalen.

Mark wartet schon. Er hat sich nicht so viele Gedanken um seine

Kleidung gemacht - Jeans und T-Shirt und fertig.

„Oh, du hast Essen mit?", deutet er auf den Picknickkorb. „Ich habe damit nicht gerechnet, tut mir leid". „Ja, willst du nur eine Runde drehen, oder etwa irgendwo einkehren? Dazu fehlt mir das nötige Kleingeld!"

„Nein, nein, gute Idee, aber lass es mich es wenigstens auf meinen Gepäckträger nehmen, ich habe da nämlich eine bombenfeste Halterung".

„Wenn du meinst. Aber hast du auch Flickzeug? Wenn ich einen Platten bekommen sollte, bin ich aufgeschmissen".

Mark ist gut ausgerüstet und so radeln sie zum Fluss, dann ein paar Kilometer entlang des Ufers, bis sie einen Platz finden, wo man die Decke, die Mark in der Fahrradtasche hatte, ausbreiten kann.

„Erzähl mal, warum bist du aus Saarbrücken weg?", fragt Marion.

Sie setzen sich auf die Decke und schauen den vorbeifahrenden Schiffen zu.

„Da gibt es zwei Gründe. Erst einmal habt ihr hier mehr Arbeit, als bei uns in der Ecke. Die Chemie ist dort völlig eingeschlafen, seit es keine Kohlebergwerke mehr gibt. Hier habe ich die Möglichkeit, in meinem Beruf zu arbeiten".

Mark macht eine Pause. „Und der zweite Grund?" Marion kann sich kaum zurückhalten, nicht neugierig zu sein.

„Der zweite Grund... Wie alt ist dein Sohn?"

„Vier, aber..."

"Ich habe eine Tochter, die ist acht. Sie lebt bei ihrer Mutter". Mark schaut Marion an.

Sie sieht auf das Wasser und verzieht keine Miene. „Ich weiß, wie das ist", sagt sie nach einer Weile. Als sie den Timmi bekam, stand sie auf einmal ganz allein da. Ihr Freund hatte es mit der Angst bekommen. Er könnte keine Verantwortung übernehmen, sagte er ihr. Seit dem hatte sie ihn nicht wieder gesehen. Aber ihre Mutter hilft ihr, so gut sie kann.

„Ich hätte mich schon gerne um meine Tochter gekümmert, ich weiß, wie sie mich braucht. Aber ihre Mutter hat sich einen Neuen gesucht. Sie hatte keine Geduld mit meiner Arbeitssuche."

„Weißt du was? Wir machen jetzt den Sekt auf und feiern das schöne Wetter. Lassen wir uns die Laune nicht verderben!"

Mark gießt ein, und sie prosten sich zu. Marion gefällt ihm mit ihrer Unbeschwertheit und Spontaneität.

„Jetzt haben wir schon Mittag, magst du etwas Kartoffelsalat", fragt sie ihn, als ob sie wüsste, dass sein Magen schon knurrt. Er nimmt den Teller und beißt beherzt in die Frikadelle.

„Ganz schön praktisch, dass man alles beisammen hat. Hast du alles selbst gemacht?"

„Nur den Kartoffelsalat. Die Frikadellen macht unser Metzger besser als ich". Da müssen beide lachen.

„Ich kann sie aber auch", erwidert Mark.

„Na, das kannst du mir gelegentlich beweisen!"

Hu, geht die aber ran, das sind wohl die Mädchen, die mit Rheinwasser getauft sind, denkt Mark, als er merkt, dass Marion ihr Kleid auszieht und es sicht auf der Decke bequem macht. Also zieht er seine Jeans auch aus. Sie unterhalten sich gerade über ihre Arbeit, als plötzlich ein kleiner Hund mit lautem Gekläff zu ihnen angelaufen kommt und sich mit Marions Schuh aus dem Staub macht. Beide stehen auf und versuchen den frechen Jack Russel einzufangen, der aber schon bald im Gebüsch verschwunden ist.

„So eine Frechheit", schimpft Marion. Mark will sie trösten und schlingt einen Arm um sie. Alle Worte verstummen in einem überraschenden Kuss. Noch außer Atem vermögen sie keine Einwände zur etwaigen Entschuldigung hervorzubringen und müssen nur lachen.

Unweit, auf dem Hügel, winkt ein alter Herr mit dem Turnschuh.

Monatsgeschichte September
Altweibersommer
von Brigitte Prem

Im Spätjahr, so ab September, gibt es eine Zeit mit gleichmäßiger Witterung, die durch ein warmes Ausklingen des Sommers gekennzeichnet ist. Das Wetter ist kurzzeitig trocken, man kann weit hinaus sehen, es ist faszinierend, wie die entfernten Bege in die Nähe rücken, das Laub beginnt sich zu verfärben und allmählich abzufallen. Man nennt diese Weile Altweibersommer.

Wenn dann ein lauer Wind weht, lassen sich viele kleine Spinnen an ihren zarten Fäden durch die Luft pusten. Die Krabbeltiere "weiben", das bedeutet, sie spinnen, sie knüpfen Spinnweben. In klaren September-Nächten kühlt es sich schon stark ab, so dass die vom Tau benetzten Spinnweben in der Morgensonne deutlich zu erkennen sind. Die glitzernden Fäden erinnern an die langen, silbergrauen Haare älterer Frauen. Man nennt auch diese glitzernden Haare Altweibersommer. Ich habe nichts gegen Spinnweben in meinem Schlafzimmer, sie schränken die Gelsen ein; eine einzige Gelse kann einem eine schlaflose Nacht bereiten und mit verschwollenem Gesicht aufwachen lassen. Aber alles hat seine Grenzen; es war wieder Zeit, die Spinnennetze aus meiner Stube zu entfernen. Es waren keine "zarten Fäden", sondern kräftige, fast unzerreissbare. Ich löste sie von der Wand und ließ sie aus dem Fenster flattern. In einem Gewebe saß noch ein Tier. Es ließ nicht los, was mir die Arbeit erleichtern würde, denn ich konnte sie mitsamt ihrem Heim aus dem Fenster befördern und musste sie nicht im Nachhinein retten.

Ich griff rund um sie fest ins Netz und war überrascht, wie unzerstörbar dieses war. Als ich das Gebilde samt Inhaberin durch das Fenster schleuderte, merkte ich, dass es aus meinen Haaren geflochten war.

Ein schlimmer Tag
von Blanka Trunitschek

Mike machte die Augen auf und versuchte sich den Schleier wegzuwischen. Es war gestern wieder spät geworden. Obwohl ihm die Hausaufgaben im Nacken saßen, konnte er den Joystick nicht aus den Fingern lassen. Jetzt sandte er ein Stoßgebet zum Himmel, dass er in Englisch nicht drankam. Wer hatte auch Lust, sich vier Seiten Vokabeln reinzuziehen? Mutter sagte sowieso, dass man eine Fremdsprache am besten im Ausland lernt. Sie war schon in der Arbeit und hatte ihm vorher die Kaffemaschine angemacht und ein Nutellabrot geschmiert.

Er schlang es hastig herunter. Das Duschen fällt heute aus, sagte er sich, der Bus wartet nicht. Jeans und die Unterwäsche hingen über der Stuhllehne. Wo sind bloß die Socken? Keine Zeit zu suchen. Im Schrank sind noch andere. An der Wohnungstür warf er noch einen Blick in den Spiegel und schon zog er zu. „Ou!"

Der Schlüssel! Na, ja, wenn er nach Hause kommt, ist die Mutter schon da. Er rannte los, in der Schultasche wirbelten die Sachen laut hin und her. Mit wehender Jacke sprang er in den Bus, der, als ob er auf ihn gewartet hätte, sofort losfuhr. Auf dem Schulhof traf er paar Leute, die sich gegenseitig die Vokabeln abfragten und hörte zu. Eigentlich nicht so schwer, dachte er, den Rest krieg´ ich in der zweiten Pause auch noch hin.

In der Englischstunde merkte er sofort, dass die Müller schlechte Laune hatte. Als er verzweifelt versuchte, sich klein zu machen, rief sie ihn auf.

„In der augenblicklichen Lage können wir Ihnen kein besseres Angebot machen. Herr Neuner?"

Es nützte nichts: Dass er den Nachbar unter dem Tisch mit dem Fuß anschubste, dass er die Sandra nebenan flehentlich angeschaute. Wie heißt bloß 'augenblicklich'? Er stotterte herum.

„Herr Neuner, viel Zeit haben Sie dem Englisch nicht geopfert!" Die Müller machte sich Notizen. Gut, dass heute keine Doppelstunde ist und Nachmittag gibt es zwei Stunden Handball. Da kann er die miese Müller vergessen.

Er warf den Schulranzen lässig über die Schulter und eilte zur Schulkantine.

„Hey, Mike", rief Jonas. „Super Spiel, oder?"

„Total geil, man geht da richtig mit", lobte Mike das Spiel, wegen dem er heute verschlafen hat.

„Kannste haben, für zwanzig Euro ist es deins."

„Nee, lass mal, du kriegst es wieder. Hab´ heute morgen verpennt und es liegen lassen."

„Wie, gefällt es dir doch nicht? Du weißt doch, wir haben eine Leihgebühr vereinbart! Morgen zahlst du für drei Tage!"

„Wieso für drei?"

„Na, gestern, heute und morgen werde ich es auch nicht an den Mann bringen können. Kapiert?"

Verdammt, fast das ganze Taschengeld weg, ärgerte sich jetzt Mike. Er packte sein Essen auf das Tablett und suchte einen freien Platz. Da, links neben dem Eingang war noch frei. Sogar am Tisch, wo die Sandra saß. „Hey", grüßte er und wollte sich gerade setzen, als der Rucksack von seiner Schulter rutschte und Mike´s linke Hand mitriss. Die Tomatensoße schwappte über den Tellerrand und die Hackbällchen kullerten auf den Tisch.

Die Mädchen lachten laut auf. „Ha, ha " äffte er sie wütend nach und schaufelte das Fleisch zurück auf den Teller, der in der Tomatensoße schwamm. Beim Essen hob er nicht einmal den Kopf, obwohl er sich so gerne mit Sandra unterhalten hätte. Aber die Mädchen kicherten nur und er machte, dass er fertig wurde. Ohne Gruß stand er auf und räumte das Tablett in die Ablage.

Nach dem Handball beeilte er sich nach Hause. Es war noch etwas hin, ehe seine Mutter von der Arbeit kam, da konnte er bestimmt halbes Stündchen schlafen, dachte er. Von der Bushaltestelle mobilisierte er alle Kräfte, um die Zeit auszunutzen. Pustekuchen! Der Schlüssel! Er stand vor verschlossener Tür. Aber was brachte das ganze Fluchen? Er setzte sich auf die Flurtreppe und versuchte in dem Dämmerlicht ein paar Vokabeln abzuschreiben. Es soll keiner sagen, dass er nicht fleißig ist!

„Na, Jung´, hast du schon eingekauft?" weckte ihn seine Mutter auf. „Wieso bist du eigentlich hier draußen? Hast du den Einkaufzettel etwa gar nicht gesehen?" Sie schloss auf und sah auf den ersten Blick, dass sich vom Frühstück nichts geändert hat. Sie legte den Schlüssel ab und die Post auf den Tisch. „Sag mal, was ist denn das?" Ein blauer Umschlag lugte hervor.

Hat der Direx also doch schon den Blauen Brief abgeschickt.

„Versetzungsgefährdet"! Mike ergriff Panik. Mathe, Bio und jetzt auch noch Englisch. Wie soll er das seiner Mutter erklären? Und vor allem: Wird er die Versetzung im zweiten Halbjahr noch retten können? Seine Gedanken überschlugen sich. Dass die Mutter auf ihn eingeredet hatte, hat er gar nicht wahrgenommen.

Eine Spielliste für viele Jahre Einsamkeit

von Brigitte Prem

"Muss man nicht ein Autist oder eine Autistin sein, um so etwas mitzumachen?" bemerkte Giulia.

"Was?" Matthias drehte sich zu ihr um.

"Da! Schau sie dir an! Drei junge Leute, und sie müssen ein halbes Jahr oben bleiben."

"Wo oben, und was ist überhaupt ein Autist?"

"Autisten können die hohen sozialen Anforderungen der heutigen Welt nicht erfüllen."

"Das heißt, Autisten oder Autistinnen könnem nicht mit Menschen?"

"Warum will man sonst zu dritt für ein halbes Jahr auf die ISS, wenn man jung ist und unternehmungslustig sein soll? Die Frau ist eine Bella Donna."

"Was ist eine ISS, Giulia?"

"Die ISS ist die derzeit einzige ständig bemannte Raumstation."

"Und die Frau ist eine giftige Blume?"

"Quatsch! Bella Donna ist eine schöne Frau. - Na, Vielleicht ist sie ja auch giftig für einen der beiden Männer. Eine so schöne Frau mit zwei Männern, das kann nicht gut gehen."

Alexander hatte nur still zugehört. "Die ISS ist ein gemeinsames Projekt der US-amerikanischen NASA, der russischen Raumfahrtagentur Roskosmos, der europäischen Raumfahrtagentur ESA sowie der Raumfahrtagenturen Kanadas und Japans. In Europa sind die Länder Belgien, Dänemark, Deutschland, Frankreich, Italien, die Niederlande, Norwegen, Schweden, die Schweiz, Spanien und das Vereinigte Königreich beteiligt. Es wurde ein Abkommen für den Bau der Raumstation unterschrieben", zitierte Alexander, aber niemand hörte ihm zu.

"Wir sind auch zwei Männer und eine Frau", witzelte Matthias.

"Insgesamt haben bereits 234 Personen die ISS besucht", dozierte Alexander. "Die Astronauten hatten eine Liste von Dingen, die sie dann gegen die Langeweile mitnahmen", sprach Alexander weiter, "derzeit befinden sich zwei Gitarren, ein Keyboard und ein Saxofon auf der Internationalen Raumstation".

Jetzt wurde Giulia aufmerksam. "Was würdet ihr euch für ein halbes Jahr mitnehmen wollen?"

"Schnapskarten." Matthias grinste.

"Einen Fußball. Muss spannend sein ohne Schwerkraft."

"Bücher", ergänzte Giulia.

"Welche Bücher?" fragte Alexander.

"Shakespeare."

"Fad", kommentierte Matthias.

"Gar nicht!" erklärte Giulia. "Man muss die nehmen, mit denen man sich lange beschäftigen kann. Viele werden einem wohl nicht erlaubt."

"Ich bin für Schnapskarten, Mensch ärgere dich nicht und einen Fußball", erklärte Matthias. Giulia grinste ihn an. Alexander wurde nicht mehr beachtet. 'Ich bin für Shakespeare, Gitarre und Bleistift und Papier', dachte er, aber er zählte nicht.

Eine Winterreise
von Blanka Trunitschek

Nicht nur Sommerresidenzen vermietete die Fa. Hapimag, auch in den Skigebieten gab es eine Auswahl an Winterquartieren. Und weil man beim Beenden seines Aufenthalts für die Endreinigung eine fette Summe, die bei herkömmlichen Reiseveranstaltern sogar für eine Woche Urlaub reichen würde, überweisen musste, konnte das Immobilienunternehmen wachsen. Nicht nur an der Zahl der Ferienwohnungen europaweit, sondern auch an deren Qualität. Fand man die Wohnung in Braunfels (die Küchenschränke hatten innen schwarze Putzschlieren) und in Lido di Pomposa (festgeklatschte Mücken auf den Wänden), Ende der Siebziger in ungepflegtem Zustand vor, hatten sich die Sauberkeit und Ausstattung in den nächs-ten Jahren wesentlich verbessert. Jede Wohnung wirkte für die neuen Bewohner wie neu errichtet.

Die nächste Fahrt ging also in den Schnee. Wie gewöhnlich nutzten die Großeltern die freie Fahrt mit dem Zug. Der Opa verdiente sich dieses Privileg durch seinen abgeleisteten höheren Dienst bei der Bahn. Für die Düsseldorfer wie auch die Arnsberger Familie, die zu der des Bruders von Viktor mit Frau und Kind zählte, war der Platz in einem Autoreisezug gebucht. Nach der Übernachtung in der Grenzstadt Murnau konnten die Männer ihr Auto aufladen, und dann ging es weiter im Zug nach Österreich in die Stadt Villach. Dort stiegen alle wieder in die Autos ein, nahmen Oma und Opa mit und setzten die Reise zum Ossiacher See in das "Hänsel und Gretel Haus" fort. Ein ehemaliges Hotel, das jetzt in der Hand der Fa. Hapimag war.

Hanna war begeistert. Ein alpines Hotel, das wirklich wie das Hexenhäuschen im Märchen aussah, hatte sie noch nie gesehen. Der Innenraum, der nach dem schmucken Voyeur folgte, die Zimmern der Wohnungen, alles war in Holz eingerichtet. Es gab auch einen Balkon. Leider konnte man den nicht nutzen, dazu war es den Flachlandtirolern zu kalt. Also ging es zum Koffer Auspacken, und weil alle ziemlich übernächtigt waren, blieb die Kraft nur für das Inspizieren des Hauses und einen evtl. Besuch des Schwimmbades.

Hanna wollte sich die Haare waschen und ihre Frisur verbessern, wozu sie sich von der Oma einen Föhn borgte. In ihrer Unerfahrenheit verhedderten aber sich die Haare so um die bewegliche Bürste des Föhns , dass sie sie nicht mehr los bekam. Man musste einen Haarschopf abschneiden! In der Zeit hat die Schwägerin ihre unausgeschlafene Laune zum Besten gegeben und fing mit der Oma Streit an. Gut, dass bald die Abendbrotzeit folgte, und alle begaben sich zur Nachtruhe.

Am nächsten Tag brechen alle zur Gerlitzen auf. Der zentrale Berg der Gerlitzer Alpen ist 1906 m hoch, es führt eine feste Straße dorthin, man zahlt eine Mautgebühr.

Die erste Begegnung mit den Alpen berauscht alle Sinne, es ist schöner Sonnenschein, und man nimmt den Großraumlift mit Panoramafenstern. Oma möchte bleiben, die Jugend will im Schnee laufen.

Der nächste Punkt, wo der Lift hält, nennt sich "die Kanzelhöhe", daran hat Oma irgendwelche Erinnerungen aus der Jugend und bleibt jetzt dort mit Opa zum Kaffeetrinken. Die Anderen sind zu Fuß zum Gipfel. Aber das wird für die Hanna unerwartet zur Tortur. Ihre Winterschuhe, mit Rücksicht auf finanzielle Belastung gekauft, haben kein grobes Profil, so dass sie unentwegt rutscht. Einen Schritt vorwärts, drei Schritte zurück. Erst die Schwägerin klärt sie auf, wie richtige Winterstiefel aussehen sollen. Ja, das wird die erste Ausgabe werden, sobald sie solche sehen wird, werden sie gekauft! Denn aus dem Spaziergang auf den Höhen des Gipfels wird an diesem Tag nichts.

Am zweiten Tag wollen die Kinder, Moni und ihr Cousin Ulrich, gleich auf die Skier steigen. Der Schwager fährt einen VW Käfer, einen der älteren Baureihe, und kommt mühelos zur Skipiste. Viktor ist erst auch zuversichtlich, aber sein Ford Taunus mit dem Hinterantrieb ist bockig. Ab einer gewissen Höhe des Bergs drehen die Räder durch. Hanna soll sich auf die Kante des Kofferraums setzen, damit das Heck belastet wird, meint Viktor. Aber auch ihre 60 kg helfen dem Wagen nicht auf die Sprünge. Es findet sich ein Alpenländler, der gerade vorbeifährt, hält und seine Schneeketten anbietet. Ja, damit geht es sofort besser! Der liebe Mensch! Viktor bedankt sich überschwänglich, aber er ist nach wie vor der Meinung, dass er in solche Situation nur höchsten einmal im Jahr kommt und somit keine Ketten zu kaufen braucht. (In den nächsten Jahren gibt es die bei ADAC zum Ausleihen).

. Oben angekommen, finden sie alle den üblichen Skibetrieb vor, die Kinder lernen das Skifahren in einem Kindergarten und die Erwachsenen schauen zu. Gegen 4 Uhr am Nachmittag haben sie Kaffeedurst, es wird schon dunkler, und so wird beschlossen hinunter zu fahren. In einer Kurve findet Hanna, dass es eigentlich noch zu früh ist, um nach Hause zu fahren, man sollte die Jausenbrote aufessen, für die bis jetzt keine Zeit war. Unweit lugt eine zugeschneite Bank unter einer Schnee-haube hervor, die steuert Viktor an und sie machen sich daran, aus dem Auto zu der Bank zu stapfen. Plötzlich kommen zwei Schäferhunde wie angeschossen auf sie zu, ein lautes böses Gebell, Zähne gefletscht. Hanna schiebt die Moni schnell zurück ins Auto, stellt sich auf die Bank, um hoch auszusehen, und schreit "Pfui, Pfui!". Die Hunde lassen nicht nach, vielleicht, weil sie Hannas Angstschweiß riechen können. Dann ertönt eine Trillerpfeife. Ein, dem Anzug nach zu urteilen, Jäger, Kordknickerbocker, Gamspinsel auf dem Hut, nähert sich zu ihnen aufsteigend von der tieferliegender Hütte und ruft die Hunde zu Ruhe.

"Ihr Jausenbrot können Sie anderswo verspeisen, das hier ist ein Privatgrundstück!" sagt er im barschen Ton und geht seines Weges.

Müde von dem herrlichen Winterwetter, das sie in Düsseldorf nicht kennen, kommen sie in ihre Ferienwohnung und würden am liebsten schon ins Bett fallen. Aber bei Oma gibt es Abendbrot. Auch die beiden hatten einen schönen Tag, sind mit dem Lift wieder hinunter gefahren, und Oma schaute sich in dem Kaufladen der Fa. Hapimag um, damit sie den jungen Leuten etwas auftischen kann.

Hanna kann aber nicht einschlafen. Es heißt doch, die frische Luft würde einem den schönsten Schlaf bescheren! Aber von draußen hört man ständiges Knacken. Viktor meint, dass das bestimmt Räuber sind und will Hanna ärgern. Am nächsten Morgen reden sie alle darüber, und Opa sagt fachmännisch: Die

Eisschollen im See schlagen einander, im Frühling ist das so. Wenn die Temperatur am Tag höher ist und das Eis schmilzt, bricht die Eisdecke auseinander. In der Nacht will sie wieder zusammenfrieren. Das nehmen Hanna und Viktor als Anlass, am nächsten Tag zum See zu gehen. Die Moni wird mit Tante und Onkel gerne zum Skifahren mitgenommen, und die zwei machen sich auf den Weg.

Im Sommer kann man dort baden, es gibt Wege bis ans Ufer. Viktor geht vor, es dauert nicht lange und sie erreichen die Spitze des Sees. Somit steht fest, dass das Ferienhaus in dem östlichen Ende des Ossiacher Sees liegt.

"Wir gehen doch noch nicht zurück", meint Hanna, "es ist doch noch früh am Tag!"

Gut, Viktor hat nichts dagegen, und so marschieren sie weiter, bis sie auf eine leicht befahrene Straße kommen. Sie einigen sich, dass sie es mit hoher Wahrscheinlichkeit schaffen, um den ganzen See herum zu gehen. Anfangs sehen sie noch das "Hänsel und Gretel" Haus von der Straße aus, aber später kommen Wiesen und kleine Ortschaften dazu, mehrere Ferienorte sind vor den angrenzenden Wäldern angelegt. Viktor wird nervös, lange Märsche mag er nicht. Hanna behagt das Asphalttreten auch nicht. Sie stiefelt tapfer hinter ihm her.

Nicht vom Viktor gesehen, hebt sie den Arm, als sie ein Motoreräusch hört. Ist sie doch erfahrene Anhalterin! Ja, ein VW Käfer hält an! Sie ruft den Viktor zurück und sie werden mitgenommen.

"Da hätten sie aber noch mindestens fünfzehn Kilometer zu latschen!" lacht das ältere Ehepaar, als Hanna erzählt, was sie vorhatten und wo sie untergebracht sind.

"Wir können euch nur an die andere Spitze mitnehmen, dann haben sie immer noch fünf Kilometer vor sich", sagt der Mann.

Viktor freut sich. "Da haben Sie uns schon gerettet", meint er, als sie sich mit einem Dankeschön verabschieden. Hanna freut sich, wie gut sie das alles geschafft haben - das Wandern um den See!

Der Meeresboden
von Brigitte Prem

Das kleine Mädchen hob die Walnuss auf und trug sie ins Haus.

"Die ist für Oma", sagte sie. Sie nahm den Nussknacker und knackte die Nuss auf. Diese zerfiel in zwei Hälften. Oma hatte kaum mehr Zähne, also musste sie die Nuss zerkleinern. Da sie die elektrische Reibe nicht bedienen konnte, zerkleinerte sie die Nuss sorgfältig mit einer Gabel und brachte sie Oma.

"Was machst du da?" fragte die große Schwester.

"Das ist das Meer. Kannst du den Meeresboden sehen?"

In der einen Nusshälfte war Wasser, und die Unregelmäßigkeiten der Nuss schimmerten durch.

"Das Meer ist viel größer."

"Das ist mein Meer."

Keines der beiden Mädchen hatte je das Meer gesehen, aber die Große ging schon in die Schule.

"Und was ist das?"

In der zweiten Hälfte der Nussschale waren links und rechts wie

Bänke zwei rote Plastillintupfen und in der Mitte eine kleine grüne Kugel.

"Ich bin ein Innenausstatter, das ist ein Wohnzimmer, das Grüne ist der Tisch."

"Komm mit! Wir dürfen auf dem Traktor mitfahren. Papa bringt frische Erde für die neue Erle zum Biotop."

"Das Meer in einer Nussschale", erklärt Papa.

In der wasserarmen Gegend hatte die Landschaftsgärtnerin eine Quelle aufgefangen und sie zu einem kleinen Teich werden lassen, und man hatte die Gegend um einen Euro von der Gemeinde gemietet. Rundherum hatte jedes der Mitglieder des Biotop-Vereins seltene, aber heimische Pflanzen angesetzt. Heute war Pflegetag. Wuchernden Pflanzen wie Brennnessel und Springkraut wurde gnadenlos der Garaus gemacht.

"Gebt doch dem Springkraut und den Brennnesseln auch einen Platz", bat Oma. "Es sind doch auch Lebewesen. Hier und hier wäre es möglich."

Man gab Oma nach, weil sie die Schwiegermutter des Arbeitssamsten des Biotop-Vereins war.

Oma ging dann hinunter zu ein paar Jugendlichen, die die Holzklötze, die zusammen mit Felsbrocken landschaftsgerecht zum sich Niedersetzen drapiert worden waren, anfingen auszugraben und ins Wasser zu werfen.

"Das dürft ihr nicht", sagte sie. "Das ist unsere Innenausstattung. Wir haben diese Wohnung mit dem Nussknacker aus der Landschaft geschaffen."

Die Jugendlichen gehorchten ihr.

Italien/Monaco
von Blanka Trunitschek

Ihre Tochter ist schon vier Jahre alt, langsam wird sie ein selbstständiges Mädchen. Fröhlich hüpft sie über die Straße, wenn sie in den Kindergarten geht. Sie dreht sich noch ein mal um und winkt nach oben in die zehnte Etage, weil sie sicher weiß, dass die Mama herunterschaut und jeden Schritt kontrolliert. Ihr Vater ist bei der Feuerwehr und schon längst bei der Arbeit.

Dieses Jahr entschließt sich die Familie zu einer Fahrt nach Italien. Italien in den 80ger Jahren!

Die Sprache kommt der Hanna leicht vor, etwas von schulischen Latinum ist noch übrig. Im Land soll es nicht so teuer sein, so dass die Urlaubskosten gut zu bestreiten sein werden. Außerdem sind die Großeltern, die in Dortmund leben, großzügig. Sie beschlossen, dass sie mit der Bahn auf ihre Freikarte vorfahren würden, die Ferienwohnung in Bezug nehmen, und Hanna, Viktor und Moni kommen mit dem Auto nach. Für alle unkompliziert also.

Vor einigen Monaten hat die Groß-

mutter sogenannte Hapimag Aktien gekauft, die statt Zinsen Wohnpunkte bringen. Das heißt, in der Saison kostet die
Ferienwohnung 12 Wohnpunkte, die
bekommt man für 4 Aktien, wobei eine
Aktie 1400 Mark kostet. Wenn man aber
die Nebensaison nimmt, kostet die Woche
nur 4 Punkte und so können zwei Familien
hinfahren. Einmal sind die Wohnpunkte
abgewohnt, und man müsste neue Aktien
dazukaufen, wenn man dabei bleiben
wollte. Die ersten Punkte werden also in
Italien, in Bordigera verbraucht. Es liegt
nahe der französischen Grenze zu Monaco. Zwei Orte von der italienischen
Riviera und schon ist man im anderen
Staat.

Aber erst muss man Hunderte von
Kilometern überwinden, vom kalten und
regnerischen Westen in Deutschland
kommend, bis man hier von der mittel-
meerischen Sommerhitze überwältigt
wird.

Viktor ist von dem Tunnel unter
Mont Blank so beeindruckt, dass er das
Auto mittendrin stehen lässt und den
Verkehr genießt. Hanna rümpft nur die
Nase. Viktor tut gerade, als ob er sich die
Höhe des Wassers im Motor ansehen will,

als die Carabinieri anfahren und ihm nach kurzem Hinschauen bedeuten, dass er gefälligst von der Tunnelfahrbahn verschwinden soll. Zum Glück droht keine Strafe.

Weiter geht es bergabwärts, und schon fahren sie auf der kurvenreichen Autobahn unter steil hochragenden Steinwänden der Dolomiten, die der Hanna überhaupt nicht gefallen, weil sie so etwas noch nie gesehen hat, an komisch anmutenden Friedhöfen, die aussehen wie dicht besiedelte Dörfer, in Richtung Milano. Mailand! Ruft sie und verlangt vom Viktor, er möchte bitte sofort die Serpentinen zu diese großartigen Stadt nehmen, von der sie schon so oft in Verbindung mit Musik gehört hat.

Im Dämmerlicht kommen sie nach Milano direkt auf den Marktplatz, die Beleuchtung des Domes und der geschichtsträchtigen Umgebung ist atemberaubend. Vorher hatten sie von einem Aussichtspunkt über der Stadt angehalten, und Hanna hat Herzklopfen bekommen über so viel Schönheit.

In dem Moment, als sie auf das Lichtermeer schauen, kommt wie angeschossen ein wild aussehender Mann auf sie zu. Im Gesicht schmuddelig, Stiefel, in denen die Hosenbeine stecken, breitet er seine Kordjacke aus. Man sieht seine tätowierten Arme, die voll behangen sind mit Taschenuhren und seine Weste, deren Brust schwer schwillt von "Goldstücken", deren Echtheit man anzweifeln kann.

"Du kaufen Schmuggelware"? fragt er im gebrochenen Deutsch. Hanna und Viktor schauen sich an, Viktor lässt den Motor an, und schon sind sie weg, der Schwarzhändler aber auch. Die Straße ins Zentrum der Stadt ist steil und kurvenreich, sie parken in der Nähe des Doms im Schatten einer Bank.

Aber wie Schade! Der Dom ist eingerüstet! Alles ist unter Verschluss, die Große Einkaufspassage und alle Eingänge kann man nur erahnen. Die imposanten Gebäude gegenüber, die um die Piazza angeordnet sind, interessieren Hanna jetzt nicht wirklich, sie sagt nur frustriert "weiter fahren" , und sie gehen zum Auto zurück.

Aber welche Überraschung! Die Koffer, und deren Inhalt, die am Autodach unter einer Zeltplane befestigt waren, sind auf dem Boden zerstreut. Die ach so festen Feuerwehrseile, hängen vom Dach herunter. In nur wenigen Minuten haben es die Diebe geschafft, dass Hanna am nächsten Tag sofort ihre Badeausrüstung neu kaufen und Viktor Teile seiner Fotosachen verschmerzen muss. Am Portal der Bank steht ein Wärter, den fragt Hanna, ob er jemanden gesehen hat, der sich an dem Auto vergangen hat. Nein, der Mann winkt nur ab und verweist auf die Polizeistation eine Straßenecke weiter. Dorthin begeben sie sich. Der dienstleistende Carabinieri kann nicht helfen, es gibt keine Zeugen. Und gibt eine Belehrung zum Guten, dass man seine Koffer nicht außen am Auto lässt. Aber wenn man im Urlaub ist, benötigt man so vieles, dass es nicht in den Kofferraum passt, nicht wahr? Der Polizist schreibt ein Protokoll für die deutsche Versicherung. Unglücklich steigen sie ein und fahren weiter in Richtung Bordigera, es ist ja jetzt nicht mehr so weit.

Mit jedem Kilometer weiter in Richtung Süden steigt auch die Temperatur, sie haben die warme Kleidung aus Deutschland noch an und schwitzen vor Wärme in der Region und vor Wut.

Als nächstes können sie sich überlegen, diese Notlage den Großeltern zu schildern, die gerade mit dem Zug angekommen sind. Aber Oma lässt sich ihre Urlaubslaune nicht verderben und schenkt Hanna 50 Mark, dass sie sich gleich am nächsten Tag ein Sommerkleid und einen Bikini kaufen kann. Viel Auswahl gibt es in den Gassen vor dem Strand nicht, findet Hanna, und weint wegen des Verlustes ihrer neuen Sachen, die sie sich von dem schwer verdienten Arbeitslohn vor dem Urlaub gekauft hat.

Am Tag danach gehen sie alle zum Wasser. Der Strand ist halb sandig, halb kiesig, oberhalb rauscht der Autoverkehr, im Wasser schwimmt Unrat aus der Kanalisation, wie man unschwer in Augenschein nehmen kann.

Es wird besser, wenn man den Tag anders verbringt, meint die Oma. Bordigera liegt unweit der Grenze zu Monaco, und dort ist doch immer was los.

Vorerst jedoch schauen sie sich die Vorgärten der kleinen Häuser an. Alle sind mehr oder weniger steinig, aber ein Imitat der nackten Statuetten des Mittelalters aus Gips muss dort stehen.

"Das müssen wir uns kaufen, das wird in unserem Garten einmal stehen!" ruft Viktor und macht unzählige Fotos.

Am nächsten Morgen nach dem Frühstück fahren alle nach Monaco. Es führt keine Autobahn hin, Hanna und Opa freuen sich, denn so können sie etwas von der Umgebung sehen. Es sind zwei Städte, die sie durchfahren müssen, und Hanna macht auf die grauen Steinhäuser, die wie Burgen aus dem 15. Jahrhundert aussehen, aufmerksam. Es herrscht dichter Verkehr, erst in Ventimiglia, der Grenzstadt, fallen ihnen die Plakate auf, die zum Besuch des Rennens der Formel 1 einladen. Das interessiert die Hanna und Oma gar nicht. Sie möchten hauptsächlich den Fürstenpalast sehen und auch den Wachwechsel davor. Doch erst muss Viktor das Auto einparken, wo, das bleibt für alle ein Rätsel. Sie müssen aussteigen, und er fährt allein zum Parkplatz und würde sie schon finden.

Es geht auf den Marmorstufen in die Höhe und schon stehen sie auf dem Plateau vor dem schweren Tor des Palastes, staunen über die in jede Ecke platzierten Kanonen und warten auf die Wachablösung und auf Viktor. Im Gegensatz zu Oma, die sich gerne dem Sonnenschein aussetzt, stöhnt Hanna, dass es nirgendwo ein bisschen Schatten gibt, und sie wird abends vor Sonnenbrand nicht einschlafen können. Als Viktor nach einer Stunde endlich erscheint, haben alle genug vom Autorennen und dem Krach davon, das Geschehen vor den Toren ist ihnen jetzt auch gleichgültig, und es bleibt noch eins, wo sich auch die Moni freuen wird: Das Naturmuseum, wo man die Skelette der Dinosaurier betrachten kann und auch das Leben unter Wasser, welches durch die großen Panoramafenster einsehbar ist. Unvergesslich für alle.

Auf dem Rückweg zum Auto müssen sie sich durch Massen von Menschen durchdrängen. Wenn sie abends in ihre jeweilige Ferienzimmer kommen, sind sie wie erschossen.

Am nächsten Tag gehen sie alle noch einmal ins Wasser, aber Hanna ekelt sich vor dem Unrat und bleibt lieber am Kieselstrand liegen.

Und dann müssen die Großeltern wieder packen und werden zum Bahnhof gebracht.

Viktor, Hanna und Moni gehen abends noch durch die Straßen in Richtung San Remo. Es ist ein steiler Aufstieg. Wenn man sich umdreht, kann man unter hohen Bäumen die verlassenen Villen erahnen. Sie befinden sich in großen Parkanlagen. Ihre Bewohner sind über die heiße Sommersaison in andere Domizile ausgewandert. Das macht auf Hanna einen Eindruck, als ob die Villen an finanziellen Schwierigkeiten leiden würden. Erst viel später erfährt sie, dass dem so nicht ist. In San Remo, Monaco oder Nizza wohnen wohlhabende Leute. Sie zahlen zwar keine Steuern, müssen aber für alles horrende Preise ausgeben. Für den Stadtstaat Monaco sind auch die Touristen wichtig, die ihr Geld in dem berühmten Kasino lassen.

Was Hanna erst einige Jahre später erfährt und worüber die ganze Welt sehr traurig ist, das ist der Tod der Fürstin von Monaco 1982, die vor ihrer Heirat mit Fürst Rainier dem II. eine berühmte Schauspielerin namens Grace Kelly gewesen ist und quasi von der Bühne weg geheiratet hat. An dem unglücklichen Tag ist sie die Serpentinen von Monte Carlo, einem Bezirk von Monaco mit dem Auto gefahren und in der Böschung zum Stehen gekommen. Den Wagen kutschierte ihre Tochter Stefanie. Viel Hohn und

Anschuldigungen muss das junge Mädchen, das gerade 18 Jahre alt geworden ist, zukünftig erfahren !

Juli: Gefangen in schauriger Höhle
von Brigitte Prem

Die Höhle Die Höhlenwanderung war lustig. Ich sollte ursprünglich nur bis zur Höhle mitgehen, und nicht hinein. Die Höhle ist zwar in der Nähe eines Wanderweges, aber nicht für den Tourismus erschlossen. Vor der Höhle gäbe es eine Bank.

"Wenn du stecken bleibst, lass ich dich zurück", sagte meine Tochter.

"Oma ist zu dick", sagte meine Enkelin, zwei Jahre alt.

Dann kam mein Schwiegersohn herein.

"Gibt es eine Möglichkeit, mit euch in die Höhle zu gehen?" fragte ich.

"Nein", sagte er.

Jetzt weiß ich, woher mein Enkel den Tonfall zu "Nein!" hat, dachte ich.

Dann kam mein Schwiegersohn mit seinem alten Schlaz daher. "Probier das!" sagte er. "Schlaz" heißt Schliefanzug.

Ich zog alles an, was man darunter anziehen muss, und probierte den Schlaz. Keine Chance. Ich bekam ihn nicht einmal über den Popo, geschweige denn über den Bauch. Ich muss ziemlich enttäuscht geschaut haben, denn er sagte zu meiner Tochter:

"Gib ihr deine alte Regenjacke und die ausgeleierte Hose von deinem alten Hosenanzug."

Irgendwo wurden dann auch noch Stiefel aufgetrieben, die mir passten. Auch einen Helm bekam ich. Die Höhlenkleidung wurde in den Rucksack gesteckt. Ich hatte weiter kein schlechtes Gewissen, es gingen ja auch die drei Kinder mit, zwei und drei Jahre alt. Das, was die konnten, würde ich wohl auch zusammen bringen.

"Wenn du stecken bleibst, lass ich dich zurück", dachte ich, war ein Witz.

Aber schon der Hinweg war anstrengend. Teilweise musste man über kleine Felsen klettern, auf der rechten Seite ging es steil hinunter. Ich hab' ein bisschen Höhenangst, aber hier vergaß ich das. Da ich mir die Höhlenwanderung ertrotzt hatte, durfte nichts schief gehen. Ich bemerkte, dass einige Andere, Familie, Freunde, Bekannte meines Schwiegersohnes, auch nicht sehr viel geschickter waren als ich und ihre Bewegungen beim über die Felschen Klettern genauso unbeholfen aussahen wie wohl meine. Das beruhigte mich ein bisschen. Aber die drei

Kinder marschierten tapfer. Der Kusin schaute überall nach einem lieben Monster aus, und meine zwei Enkel hielten tapfer das Tempo der Eltern. Vor der Höhle, die zunächst nur wie ein kleines Loch im Felsen aussah, war tatsächlich eine Bank. Wir zogen die Höhlenkleidung an.

"Du wirst doch nicht ohne Licht hinein gehen", sagte ein alter pensionierter Lehrer, ein erfahrener Höhlengeher.

Auf den Bergen und in den Höhlen sagt man "Du".

Ich zuckte zusammen. Doch keine Höhle!

"Ich habe ihr meine alte Höhlenlampe mitgenommen", sagte mein Schwiegersohn. "Da, deine Tochter soll dir helfen."

Ich hatte keine Ahnung, wie man damit umging, und meine Tochter war natürlich mit den Kindern beschäftigt, die Höhlenkleidung anziehen mussten; auch einen Helm und ein Höhlenlicht bekam jeder.

Der alte pensionierte Lehrer half mir. Er war wirklich nett. Jemand erzählte später, als er noch Lehrer war, hängte er ein Seil im Dachboden der Schule auf und übte in der Pause mit Kollegen, um sie anschließend zu Höhlenwanderungen einzuladen.

"Und nun steht es euch frei, die Höhle zu erforschen, wie ihr wollt. Immer den Blick auf den Boden. Es ist nichts lebensgefährlich, aber man kann sich weh tun", gab mein Schwiegersohn öffentlich bekannt.

Als wir in die Höhle hinein kletterten, ging es gleich steil hinunter.

"Halt dich am Seil fest und gib mir die Hand!" sagte der pensionierte Lehrer. "Oder setz dich einfach nieder und rutsch hinunter. Dann wirst du allerdings extrem schmutzig werden."

Hat mein Schwiegersohn ihn beauftragt, sich meiner anzunehmen? Ich wählte das Seil und setzte mich nieder. Das Seil hatte mein Schwiegersohn kurz vorher befestigt. Da wir den Kopf zum Boden wenden mussten, stießen wir dauernd an den vorspringenden Felsen an.

"Dafür ist der Helm", erklärte mir der pensionierte Lehrer.

Hübsche Sinterröhrchen hingen von den Felsen; Sinter bildet sich durch Kristallisation von in Wasser gelösten Mineralen. Sinterröhrchen entstehen durch tropfendes Wasser, Regenwasser, das durch die Erde sickert.

"Warum ist da alles schwarz und warum liegen da geschwärzte Steine?" fragte ich. "Die Höhle ist 3000 Jahre alt. Früher sind die Menschen mit Fackeln herein gegangen, außerdem hat es Lagerfeuer gegeben."

"Aha."

Wurzeln hingen durch die Felsen. Wie rührend von Pflanzen, ihre Wurzeln immer weiter zu schicken, um Nahrung zu finden, auch, wenn gar nichts mehr da ist.

"Seht ihr die regelmäßige Ablagerung hier? Da muss der Boden einmal durchgegangen sein", erklärte einer.

"Was ist passiert?"

"Es ist entweder abgegraben worden, oder durch ein kleines Erdbeben eingestürzt."

"Ja, das da könnte ein Ausgang gewesen sein."

Es war nur mehr ein kleines Loch, denn der Berg hatte im Laufe der Jahrhunderte die Wände zusammengedrückt.

"Früher hatten Höhlenforscher kleine Kinder in solche Löcher geschickt", sagte der pensionierte Lehrer.

"Nein, nein!" schrie ich, als ich sah, dass mein Enkel in das Loch schloff. Aber es passierte nichts, und er streckte den Kopf heraus und lachte. Da wurde ich übermutig, und ich rief: "Ist ein liebes Monster drin?" worauf der Kusin gleich nachkletterte. Wunderschöne Tropfsteine. Sie entstehen und wachsen nur sehr langsam, manchmal über Jahrtausende. Und dann kam der ominöse Schluf, in dem meine Tochter drohte, mich stecken zu lassen. Niemand sagte etwas, nur zwei junge Männer schauten mich amüsiert an. Und so dachte ich mir nichts. Allein zurück Gehen hätte auch seine Gefahren gehabt. Der Schluf war wirklich so eng, dass ich kaum Platz hatte. Links und rechts und oben stieß ich an die Felsen an. Dann meldete sich die Platzangst. Augen Schließen ging nicht, ich musste schließlich wissen, wo ich die Knie drüber ziehen musste. Mit dem Helm stieß ich dauernd an. Es ging hinauf und hinunter, und auf einmal hatte ich zu meinem Erstaunen den Kopf in der Sonne.

Pferdenarren
Eine Kurzgeschichte
von   Blanka Trunitschek

Betrachtet man das Treiben auf einem Reiterhof, bekommt man den Eindruck, dass nur Mädchen Pferde lieben. Unermüdlich bürsten sie die, ihnen für einen Nachmittag anvertrauten Tiere, schleppen das Putzzeug in vom Taschengeld angeschafften Kisten, treten in den Erdäpfel Matsch und misten bereitwillig den Stall aus. Damit haben die wenigsten Jungen was am Hut. Monika, die Tochter eines Feuerwehrmannes, ist eine begeisterte Reiterin, die schon seit dem Kindesalter die meiste Freizeit im Pferdestall verbringt. Sie war noch keine fünf Jahre alt, als sie mit ihren Eltern nach Braunfels im Hessischen fuhr, wo es Möglichkeiten zum Reiten für Kinder gab. Der Reitlehrer setzte sie auf ein mittelgroßes schwarzweißes Pony und führte sie auf der Longe durch die Reithalle. Fünf Tage lernte sie, wie man fest im Sattel sitzt und dabei den Körper im Takt bewegt. Der Reitlehrer stellte eine Kiste hin, von der sie bequem in die Steigbügel aufsteigen- und wieder absteigen konnte. Am letzten Tag ihres Urlaubs durften die Eltern das Pferdchen mit der kleinen Reiterin auf die Koppel ausführen. Es ging etwa eine halbe Stunde den Berg hinauf und dort graste das Pony. Monika war glücklich –ohne Reitlehrer draußen! Es sah vertrauenerweckend aus, wenn das Pferd, obwohl einer auf seinem Rücken saß, ungestört fraß. Der Vater ließ also nichtsahnend die Trense los. Sofort wusste das kluge Tier: Jetzt kann ich machen, was ich will. Plötzlich, wie von unsichtbaren Geistern angetrieben, wendete es sich um in Richtung Reithalle und galoppierte mit der erschreckten Reiterin den Hang hinunter. Die Eltern sahen das hüpfende Kind auf seinem Rücken und riefen: „Haaalt! , Brr!", aber das Pony wusste, wo es zu Hause war. „Mami, das ist zu schnell" rief Monika mit weinerlichem Stimmchen, aber es nützte nichts. Der Gaul war nicht zu fangen, Monikas Mutter konnte in ihren Pumps nicht schneller laufen und Monikas Vater rief: „festhalteeen!". Vor dem Tor wartete das Pferd brav, bis die Eltern hechelnd nachkamen und die Tochter aus dem Sattel hoben. Sie weinte jetzt nicht mehr, im Gegenteil, stolz meldete sie: „Das habe ich gut gemacht! Wenn wir nach Hause kommen, möchte ich wieder reiten gehen!"

In der Nähe von ihrem Zuhause gab es den Stall Hellerhof, wo sich solche Pferdenarren austoben konnten. Es war ein altes Gut aber aus den alten Zeiten blieb nur die vordere Stirnmauer übrig, der Hof wurde schon einige Male ausgebessert. Gerade zu der Zeit, als Monika ein schönes großes, weißes Pferd zur Pflege übernahm, brach im Stall ein Feuer aus. Damalige Feuerwache befand sich im sechs Kilometer entferntem rechten Flügel des Schlosses Benrath. Von dort nach Hellerhof auszurücken bedeutete für die Feuerwehrleute erst drei Kilometer auf einer Hauptverkehrstrasse und dann weitere drei Kilometer über die B 8 und Feldwege zu überwinden. In der Höhe der heutigen Tankstelle endete die Zufahrt zum Gut, der schmale Weg entlang des Mühlenbaches und der Steg darüber waren nicht für Schwerfahrzeuge ausgebaut. Durch die Lautsprecher der kleinen Feuerwache dröhnt eine Stimme aus der Einsatzzentrale: „Feueralarm auf Gut Hellerhof!". Es ist zwei Uhr nachts, die Männer ziehen die bereitgestellten Stiefeln an, im Laufschritt binden sie sich den Helm fest und halten die Arbeitshandschuhe in der Hand. Der eine gähnt, die anderen murren, weil aus dem Schlaf gerissen. Die Einsatzfahrzeuge werden gestartet, noch in der Ausfahrt wird ihnen per Fernschreiber der Weg, detailliert beschrieben, dargereicht.

"Nein, dort geht es nicht, da kommen wir nicht durch", meldet sich Monikas Vater, der die Gegend wie seine Westentasche kennt. Hat er doch dort schon oft seine Tochter auf dem Rücken der Pferde fotografiert.

„Wie willst du sonst hin?"

„Wir müssen von oben, von der Schneiderstrasse anfahren!"

Die Männer fragen per Funk die Zentrale. Inzwischen hat der Chef die Flurkarte angesehen und ist mit der Anfahrtsänderung einverstanden.

„Und jetzt?" Die Fahrzeuge stehen vor einer schmalen Brücke.

„Wir müssen da durch, die wird schon halten. Ihr fahrt erst wenn wir drüben sind", entscheidet der Fahrer des ersten Löschfahrzeugs und fährt im Schritttempo los. Nur ein Zeitungsblatt würde zwischen dem Geländer und der

Fahrzeugtür passen. Dann sind nur wenige Meter bis zu den Stallungen. Man sieht Flammen aufsteigen und hört Pferde angstvoll wiehern.

„Ich mache die Pferde los" ruft Monikas Vater und läuft in die Gänge. Die Strahler der Autos beleuchten den Hof und man sieht den Knecht mit den Armen fuchteln. Auch er macht von der anderen Seite die Boxen auf und von beiden Eingängen stürmen Pferde heraus. Die sehen die Lücken zwischen den Autos und galoppieren auf die umgehenden Wege.

„Wir müssen die B 8 sperren lassen"! Blitzartig greift einer der Feuerwehrmänner zum Funkgerät und gibt die Meldung durch. Somit ist dafür gesorgt, dass die Pferde nicht angefahren werden und im Morgengrauen keine Auffahrunfälle verursachen.

Die alten unverputzten Wände und Teil des Daches fallen dem Feuer zum Opfer. Die Männer fahren erschöpft zurück, die Nacht ist zu Ende.

Monikas Vater berichtet zu Hause, was in der Nacht geschah. Dicke Tränen rinnen auf ihrem angespannten Gesicht hinunter. Was ist mit meinem „Weißen"? Aber dank der Feuerwehrleute hatten die

Pferde Glück. Sie wurden alle eingefangen und stehen auf der benachbarten Koppel, bis der Stall wieder aufgebaut wird und sie aufnehmen kann.

Aber erst vergehen einige Monate, bis es so weit ist. Dann wird es wahr. Der Weiße ist wieder hier und Monika ist seine tägliche Freundin. Die Halle steht auch wieder und man kann reiten, voltigieren, trainieren eben. Inzwischen studiert die Monika und ihr Vater hat die Funktion des allgemeinen Betreuers bekommen.

„Kannst du nicht mit dem Weißen spazieren gehen? Nur eine Stunde, dass er nicht nur im Stall stehen muss, morgen komme ich nicht zum Reiten." Sie zeigt ihrem Vater, wie er dem Pferd die Trense überziehen muss. Am nächsten Vormittag geht er mit ihm auf die Wiese, führt ihn wie einen Hund. Er rechnet aber nicht mit der geballten Kraft eines Hengstes, der, nicht kastriert, weil er dazu schon zu alt war, hinter dem Gatter zwei Stuten riecht. Der Weiße wiehert, seine Nüstern weiten sich, das Maul weit offen, zeigt Zähne. Das Fell auf dem Rücken zittert merklich, stellt die Haare auf, der Schweif weht im Kreis um die Kruppe. Die Vorderfüße schon in der Luft, stemmt er sich auf die

Hinterbeine, prescht los und zerrt den zweibeinigen Begleiter hinter sich. „ Brr, Brr, hopla, nicht so stürmisch", ruft Monikas Vater, aber was bringt es. Etwa zwanzig Meter sind zu überwinden, eine Leichtigkeit für's Pferd, eine Qual für das menschliche Wesen unter ihm. Bis sie am Holzzaun stehenbleiben und der Weiße wild um sich schielt, hat Monikas Vater zerrissene Jeans und Schürfwunden an den Knien. Aber er steht schnell auf, spricht beruhigend auf das Pferd und versucht ihn wegzuzerren. Es gelingt ihm nach einer halben Stunde, und auch die Stuten ziehen sich zurück.

Zu der Zeit sind die Kinder der Familie der der Weiße gehört auch groß und reitfähig geworden und Monika musste sich mit dem Gedanken an einen Abschied anfreunden. Nach dem Studium musste sie ohnehin „raus in die Welt". Aber auf die Frage, was sie sich zum Geburtstag oder zu Weihnachten wünschte, antwortete sie stets, wie schon seit Jahren: „ein Pferd". Als sie geheiratet hatte, suchte sie sich einen Stall in der Nähe ihrer neuen Wirkungsstätte und kümmerte sich um eine Stute. Als die verkauft worden ist, beklagte sie sich bei ihrem Ehemann:

„ Immer kümmere ich mich um fremde Pferde und wenn sie dann gut trainiert sind, werde ich von ihnen getrennt." So dauerte es nicht lange und endlich bekam sie ihr eigenes Pferd. Ihr Vater kann nicht mehr aushelfen, aber wenn er zum Besuch kommt, hat er immer eine Tüte mit trockenem Brot mit. Dann wird auch er beim Betreten des Stalls mit freundlichem Wiehern begrüßt.

Der Spielverderber
von Brigitte Prem

Im Dachboden des Möbelhauses gab es noch alte Möbel vom Urgroßvater des jetzigen Besitzers. Der war auf die Idee gekommen, nachzuschauen, ob das eine oder andere Stück nicht als "antik" zu verkaufen wäre. Es stellte sich aber heraus, dass die Dachbodentür nicht geöffnet werden konnte. Es war Jahrzehnte lang niemand drinnen gewesen, und der Schlüssel war verlegt worden oder verloren gegangen. Ein Angestellter, mit dem er befreundet war, er hieß Fritz, stellte fest, dass der Schlüssel innen steckte. Der Besitzer wollte den Schlüsseldienst anrufen, aber der Angestellte sagte:

"Das braucht es nicht. Ich nehme die Leiter und steige durch das Dachfenster. Ich werde versuchen, das Tor von innen zu öffnen, "

Die Leiter war leicht und gut zu handhaben. Der Angestellte legte die Leiter an und betrat sie, als wollte er eine Verteidigungsanlage erstürmen. Das Fenster war gerade so groß, dass es ihn durchließ.

"Wollt ihr nicht heraufkommen!" rief er zu dem Besitzer und dem zweiten Angestellten hinunter. "Seid keine Spielverderber!"

"Wenn du jetzt nicht die Dachbodentür öffnest, bist du der Spielverderber", konterte der zweite Angestellte.

Dem jungen Mann gelüstete es aber, Schabernack zu treiben. Er nahm den Schlüssel aus dem Loch und begann den Abstieg.

"Was soll das?" rief der Besitzer empört.

Fritz warf den Schlüssel hinunter.

Man hatte aber verabsäumt, die Leiter rutschfest zu machen; sie scherte aus. Der Mann fiel beim Abstieg aus etwa zwei Meter auf den Boden. Aber er verletzte sich dabei nicht. Eine hübsche kleine Kassette purzelte ins Gras.

"Darf ich die behalten?" rief Fritz und griff danach, als er schon auf dem Boden lag.

Es war ein unscheinbares winziges Zettelkästchen aus Laubsägearbeit, wie es damals, vor Jahrzehnten, üblich war. Seine Großmutter hatte ein ähnliches gehabt.

Für den Verkauf an Liebhaber

fanden sich tatsächlich einige nette Möbelstücke im Dachboden. Zwei oder drei verschenkte man dann auch an bevorzugte Kunden, die es zu schätzen wussten.

Der Einsatz von Fritz hatte sich also gelohnt, auch noch in anderer Hinsicht: Vieles warf man auch weg und schaffte es damit, den Dachboden sauber zu kriegen.

Jugoslawien, Reise mit ungewöhnlichem Ausgang

von Blanka Trunitschek

Von einer Mitarbeiterin hat Hanna eine Adresse im damaligen Jugoslawien bekommen, auf der Insel Krk. Man soll dort den schönsten Urlaub verbringen können. Hanna und Viktor haben jetzt zwei Kinder, die Moni bekam mit sieben Jahren ein Brüderchen, den Mischa. Es ist das Jahr 1982. Es war nicht leicht den Viktor von einem zweiten Kind zu überzeugen, die Mieten werden immer höher, und bei der Feuerwehr gehen die Gehälter der Beamten nicht so hoch, wie bei der Industrie. Wie schon früher, sagt man: „Die Mäntel der Beamten sind eng, aber warm." Das zielt auf die Unkündbarkeit der Beamten.

Und schließlich erfreut der Nachkömmling mit seiner Anschmiegsamkeit und heiteren Wesensart alle Mitglieder der Familie und ihrer Umgebung. Eine größere Wohnung ist nötig, die kann man zum Glück gleich im Haus tauschen, und deshalb kam das Angebot der Kollegin gerade zu recht.

„Wenn wir zum Meer fahren, möchte ich ein Schlauchboot haben. Der Milan hat auch eins, das macht riesigen Spaß, damit zu fahren!", meldet sich Moni zu Wort bei der Urlaubsplanung.

Nichts leichter als das, Viktor und Hanna steigen ins Auto und fahren los um ein Schlauchboot zu kaufen. Unter dem kräftigen Fußtritt Viktors auf die dazugehörige Luftpumpe wächst der Haufen Gummizeug zu einem Boot für drei Personen. Als es noch verpackt war, ist das Paket nicht so groß erschienen. Doch als sie es wieder kleinmachen wollen, damit es im Kofferraum nicht so sperrig wird, da wird es umfangreich. Dazu kommen noch zwei Luftmatratzen, die sie schon im vorigen Jahr im Urlaub hatten, und die übrige Urlaubsausrüstung samt Bettwäsche. Die ist nämlich in dem Angebot nicht dabei. Bis das Auto vollgepackt und abfahrbereit ist, kommen beim Viktor einige Schweißtropfen auf der Stirn zum Vorschein.

Eine lange Fahrt wartet auf sie, von Düsseldorf bis Malinska auf der Insel Krk. Das sind beinahe 1200 km, die Viktor alleine bewältigen muss. Das Lenkrad gibt er nämlich nicht gerne aus der Hand, so kann Hanna ihn nicht abwechseln. Sie ist für das Lesen der Landkarten und zum Unterhalten der Kinder durch Ratespiele, Lieder singen oder Vorlesen zuständig. Wie gewöhnlich verschläft die Moni den größten Teil der Fahrt, aber Mischa, der fünfjährige Sohn, lässt sich gerne unterhalten.

Noch immer gibt es keine besonderen Kindersitze fürs Auto. Viktor hat dafür gesorgt, dass Gurte im Wagen vorhanden sind, aber was nutzt ein Gurt ohne Kindersitz, das Kind würde beim Bremsen damit stranguliert!

^ Die Stunden laufen zuerst während der ersten 800 km fließend, doch als es dunkel wird, ist Hanna klar, dass sie vor Mitternacht nicht ankommen werden. Viktor hat einen Bleifuß. Solange der am Gaspedal klebt, fährt das Auto wie abgerollt. Hanna weißt nicht mehr, wie sie sitzen soll, wechselt ständig die Position. Man sieht auch nicht mehr die Straßenbeschilderung richtig und so halten sie an.

Es ist in der Nähe zu Opatia, man sieht das Meer schon glitzern. Die Kinder schlafen längst. Hanna streckt die Unterbeine über Viktors Oberschenkel, er wickelt fast seine langen Beine um das Lenkrad und alle schlafen wie die Murmeltiere.

Gegen fünf Uhr in der Früh werden sie durch die Kälte geweckt. Nach kurzem Frühstück und Katzenwäsche mit Mineralwasser starten sie wieder. Jetzt braucht es nicht lange, und sie stehen vor dem Tor des Gastgebers.

Obwohl es noch sehr früh am Tag ist, wartet die Gastgeberin schon. Sie steht am Hauseingang. Es ist nicht schwer, sich mit ihr zu unterhalten, sie arbeitete in den Siebzigern in Deutschland und lernte paar Brocken Deutsch. Hanna und Viktor können mit ihr Tschechisch reden, das geht auch ganz gut.

Die große Überraschung kommt, als sie ihnen die Ferienwohnung zeigt. Es ist das Schlaf- zimmer der Familie, sie selbst sind in die Garage umgezogen. Hanna versucht zu protestieren, es ist ihr peinlich.

„Alles gut", sagt die Hausfrau, „in den Ferien machen wir es immer so!"

Viktor hat das schon von den Kollegen gehört. Es wird so praktiziert, um zusätzlich etwas Geld dazuzuverdienen. Also bringen sie ihre Sachen aus dem Kofferraum in den Schlafraum, wo auf der Wand ein großes Bild von dem verstorbenen Präsidenten Tito hängt. De Schwimmutensilien bleiben noch im Auto und sie machen sich sofort auf zum Strand.

Der wirkt auf Hanna enttäuschend. Es ist kein Sandstrand, teilweise felsig, teilweise mit Gras bewachsen. Nicht so, wie man es aus Italien kennt. Man sieht mit Steinwänden begrenzte Parzellen. Ob das absichtlich so für die Intimität der Badegäste eingeteilt worden ist? Viktor ist der Meinung, dass es früher Weingärten waren, aber es gibt keine Spuren von Weinblättern oder -sträuchern.

Dafür ist das Wasser glasklar, man kann bis auf den Grund sehen. Moni ist mit einem Sprung im Wasser, taucht nach Seegurken, die sie auf die Badetücher wirft, und hat ihren Spaß dabei.

Natürlich wollen alle das Schlauchboot ausprobieren. In der Zeit, bis es Viktor aufpumpt, bläst Hanna die Luftmatratzen auf, und sie schieben beides unweit vom Ufer ins Wasser. Es zeigt sich, dass das Boot so hoch ist, dass Hanna vom Wasser aus nicht einsteigen kann. Moni und Viktor zerren sie hoch. Wenn sie endlich drin ist, stellt sie fest, dass sie nicht mal die Paddeln bedienen kann, ihre Arme sind nicht lang genug und können nicht das Wasser erreichen. Im Stehen würde es gehen, sagt Viktor, aber wie weit würde sie kommen? Er übernimmt das Paddeln und macht sich dann im Boot lang und breit. Hanna springt herunter und schnappt sich eine Luftmatratze. Die Kinder tauchen, und man sieht sie abwechseln einmal auf der einen, einmal auf der anderen Seite. So großes Gefallen findet Hanna an dem Schwimmen auf der Luftmatratze nicht, der Bauch bzw. der Po liegen ständig in dem kalten Wasser. Sie hält sich überwiegend auf der Decke im Gras auf.

Die nächsten Tage verlaufen ruhig, die Familie wagt einen Spaziergang durch das Städtchen. Sie stellen fest, dass man hier überwiegend Slowenisch spricht, das ist dem Slowakischen ähnlich, das kann Hanna verstehen. Das Kroatische ist schwieriger. Diese zwei Völker, Kroaten und Slowenen, kommen nur durch Geschäfte und die gemeinsame Geschichte in der Zeit der Regierung Titos miteinander aus. Aber das ist langsam schon vergessene Vergangenheit.

Hanna kauft Dosen mit Sarma. Das ist pikant eingelegte Paprika, gefüllt mit Gehacktem und eingebettet im Sauerkraut. Das ist zwar eine kroatische Spezialität, aber bekannt auf dem ganzem Balkan. Unterwegs stoßen sie auch auf den offiziellen Strand, allerdings ist der Einstieg ins Wasser betoniert. Nein, da ist man froh, oben in der Anhöhe im Gras zu liegen, hier würde man ausrutschen und sich die Beine brechen! Da sind sich alle einig.

Welche Überraschung aber wartet auf sie, als sie ihren Platz erreichen? Vergebens sucht Hanna ein kleines Ledersäckchen, in dem sie den Zweitschlüssel der Hauswirtin bewahrt. Den bekam sie nur für den Fall, wenn die Wirtin außer Haus sei.

„Na, da wird sich jemand einen Spaß erlaubt haben", meint Viktor, „mit so einem primitiven Schlüssel kann doch keiner was anfangen."

Hanna kaufte auch Pflaumen und versprach der Gastgeberin, Obstknödel zu kochen. Die hat wegen dem Verlust des Schlüssels nur abgewunken, also spricht man nicht mehr darüber. Am Abend kommen alle zusammen. Die Hausfrau hilft beim Einwickeln der etwa siebzig Pflaumen in den Teig. Man muss sie in mehreren Etappen kochen. Aber weil die Obstknödel nur acht Minuten zum Kochen brauchen, geht das alles schnell. Es ist reichlich Quark und Zucker und ausgelassene Butter vorhanden, und es schmeckt allen hervorragend, obwohl nicht genügend Sitzgelegenheit bei Tisch ist. Einige müssen den Teller auf den Knien halten.

Natürlich werden auch Witze gerissen, denn nicht alle kennen diese böhmische Spezialität und versuchten die Knödel auf der Gabel aufgespießt abzuknabbern. Es bleibt nichts übrig.

Und dann kommt der Tag der Abreise. Rjeka, Opatija, Zgribnicka Bucht, das sind die Orte, die Hanna und Viktor bei der Hinfahrt in der Nacht nicht sehen konnten. Jetzt huschen sie auch wieder nur durch, die zwölf Hundert Kilometer im Nacken. Außerdem hat Hanna ein bedrückendes Gefühl. In dem Ledersäckchen war der Familienname markiert.

„Jetzt mache dich nicht verrückt!", Viktor gibt sich Mühe sie zu beruhigen.

Sie kommen in der Nacht um halb zwei zu Hause an, nehmen nur das Nötigste aus dem Auto mit und fahren in die 13 Etage hoch. Im Korridor um die Ecke sehen sie schon die Bescherung. Das Schloss ist ausgehebelt, es schaut sie nur ein schwarzes Loch an. An der Tür klebt ein Zettel. „Bitte schellt bei uns, auch wenn es spät sein sollte." Die Nachbarin, die für die Dauer des Urlaubs die Wohnung hütete. „Ich hätte sowieso nicht schlafen können", sagt sie, als sie vor die Tür kommt. Sie hat Angst, dass man ihr die Schuld zuschiebt. Hanna ist vor Schreck, Enttäuschung und Wut an der Wand zum Boden gerutscht. Haben die es also geschafft, denkt sie, die genaue Adresse herauszufinden.

„Gestern," erzählt die Nachbarin, „müssen sie eingebrochen sein, denn ein Tag zuvor war ich hier noch die Blumen gießen." Es ist ihr sehr peinlich, sie kann sich selbst nicht beruhigen. Es ist also geschehen, als die Familie unterwegs nach Hause war, rekapituliert sie. Sie rief sofort die Polizei an, die hat ein Ersatzschloss eingebaut und will heute nochmals kommen, um die fehlenden Gegenstände zu notieren. Alle Türen vom Wohnzimmerschrank sind aufgerissen, ein Durcheinander von Utensilien breitet sich auf dem Boden aus, auch die anderen Räume sind mehr oder weniger chaotisch. Am nächsten Tag, gleich in der Früh, kommt die Kripo. Sie erstellen ein Protokoll und eine Liste der fehlenden Sachen. Viktor ist ein großer Fotograf, macht Bilder der Ereignisse für die Feuerwehr. Er hält Hallenbrände, Zustände nach Explosionen und Unfälle der Straßenbahnen fest für das Feuerwehrarchiv. Die Teile der Ausrüstung, die er nicht im Urlaub dabei hatte, sind weg. Hanna vermisst ihre Perlenkette mit Verschluss aus Rubinen. Eine Silbermünze der Maria Theresia, ein Geschenk vom Viktors Vater und auch die Anhängeruhr, auch von ihm, sind weg. Etwa ein Jahr später wird die Polizei ihnen einen Katalog der gestohlenen Dinge vorstellen, wo sie evtl. auch ihre Sachen finden könnten. Nein, nichts dabei. Die Versicherung hat einen Teil des Schadens übernommen, aber die ideellen Werte kann niemand ersetzen. Der Verlust und vor allem die Ohnmacht, diese Tat nicht verhindern zu können, bleibt ihnen noch Jahre in den Knochen stecken.

Vor hundertsiebzig Jahren ...
von Brigitte Prem

Ich gehe durch die schmiedeeiserne Tür des kleinen Dorffriedhofs. Links an der Wand sind die Gräber der Pfarrherrn. Ich lese die in die Wand eingelassene Tafeln:

+ 1850 Du guter Hirte ...

+1873 Geliebt und geschätzt ...

Es sind eigentlich keine Gräber mehr, nur ein zusammenhängendes dünnes Blumenbeet vor der in die Wand eingelassenen Tafeln.

Der Eingang der Kapelle. Außen ein riesiges Fresko vom Dach bis zum Boden eines Riesen mit einem gutmütigen Gesicht. Es stammt noch aus dem 12. Jahrhundert, aber niemand weiß, wer der Riese war, niemand kennt den Mythos dahinter. Dem Heidnischen war man damals wohl noch nicht so abgeneigt.

Ich weiß, dass es in der Kapelle Fresken von der Kreuzigung Jesu gibt, und einige Heiligenstatuen. Mir gefällt die Heilige Notburga. Sie ist eine Heilige der arbeitenden Menschen, und sie kannte nicht nur deren Anliegen, sondern konnte auch mit den Herrschenden umgehen. Ich hoffe nur, dass die Arbeit, die sie gegen den Willen ihres Dienstherrn, eines Bauern, unterbrach, nicht Heu Einbringen vor Gewitter war, denn in einem solchen Fall muss das Heu eingebracht werden, um das Hungern des Viehs zu vermeiden.

Neben dem Eingang der Kapelle eine Gruft: Auch hier *1830 +1892 Gründer der Familie. Die Familie war bis vor einigen Jahrzehnten der größte Arbeitgeber im Tal. Dann ging es bergab: Verluste im Casino, der Holzpreis sank ...

Dann die kleinen Leute, meine Verwandten: Onkel Fritz, der Tischler, Onkel Willi, der, bevor er an Syphillis starb, noch die ganze Familie, an die acht Leute, versorgte, obwohl er schon blind war, Onkel Herbert, der mich einmal bei einem meiner Ferialjobs besuchte und mich zu einem netten Abend einlud. Onkel Willis Verwandte, die in seinem Haus wohnten und nach und nach starben - jetzt lebt keiner mehr.

Hinter der Kapelle zwei meiner Kusins: Einer, ein Künstler, war immer kränklich, aber er zog die Tochter seiner Lebensgefährtin auf, als diese starb. Dem anderen war noch vergönnt, seine Kinder aufwachsen zu sehen. Er bekam Krebs mit 35 Jahren und lebte nach der Chemo noch 15 Jahre.

Da liegen sie nun alle. Es gab viel Streit um Besitz und Stellung, nun sind sie alle tot.

Ich werde nicht hier begraben sein. Mein Mann wurde in einer Maisurne auf einem Berg begraben. Wir finden seine Ruhestätte mit GPS. Die Maisurne ist längst zerfallen. Meine Kinder haben mir versprochen, dass ich dort meine Ruhe finden werde. Kein Name, keine Aufschrift. Nichts wird an mich erinnern. So soll es sein.

Anton
von Blanka Trunitschek

„Dein Urgroßvater war ein Metzger von Beruf", sage ich zu meiner Enkelin, zwischen dem legen eines Puzzles. Vor uns liegt ein Haufen Teile und die leere Verpackung, damit wir wissen, welches Bild wir legen sollen. Da braucht es nicht viel zu denken, und ich meine, es würde nicht schaden, wenn ich etwas aus der Familiengeschichte erzähle. Lisa hebt kurz den Blick und konzentriert sich wieder auf das Suchen der passenden Puzzleteilchen.

„Er war als Kind in einem Kloster aufgewachsen. Die Familie hatte kein großes Auskommen und so sollte eins von den drei Kindern verschickt werden. Er war damals erst vier Jahre alt."

„Echt?!" Lisa kann sich das schwer vorstellen. „Das könnte ich nicht aushalten, war seine Mutter nicht traurig?"

„Doch, aber damit war gewährleistet, dass er genug zu essen bekam. Und auch die Grundschulausbildung".

„Und dann durfte er wieder heim?"

„Er blieb bis zu seinem 10. Geburtstag, und dann wurde er wieder abgeholt.“

„Da war er sechs Jahre im Kloster!“

„Ja, denn dann fing bald die Lehrzeit an“.

Jetzt ist die Lisa beruhigt, und ich kann weiter erzählen.

So kam er, mit einer Kutsche abgeholt, in Basta, nahe bei Prag, an. Dort lebte ein Onkel, der Bruder seiner Mutter, und bei dem sollte er die Lehre als Metzger anfangen. Aber zuerst musste er Tschechisch lernen. Das hatte er längst vergessen in den sechs Jahren. Und er musste noch eine Weile in die tschechische Schule, um auch rechnen und die anderen Fächer auf tschechisch zu beherrschen.

Ich mache eine Pause. Ich sehe, dass Lisa mit allem einverstanden ist, und fahre fort:

Niemand hat damit gerechnet, dass der kleine Anton in Tränen ausbricht, als er erfährt, was er ab jetzt tun soll. „Man darf keine Tiere schlachten und das Fleisch essen!“, ruft er. „Das macht krank!“ Das hat man ihm im Kloster beigebracht. Aber da meldete sich seine Mutter zum Wort, die bemerkte: „Krank wird man, wenn man nicht isst, was auf den Teller kommt!"

Damals war das mit dem Kochen schwer. Sie musste erst beim Fleischer anstehen und warten, ob sie überhaupt ein Stück Fleisch abbekam, dann beim Bauer das Gemüse und Kartoffeln holen, es dauerte Stunden, ehe sie wieder zu Hause war. Dann war man froh, wenn das Feuer im Kohleofen nicht ausgegangen war und die Töpfe zum Kochen kamen. Für so viel Mühe wollte jede Mutter, dass die Teller leergegessen wurden.

Und deshalb musste Anton froh sein, dass er eine Leerstelle bekam, wo er auch mit dem Essen versorgt war.

„Das war eine doofe Zeit!" bemerkt Lisa.

„Du hast recht, das war die Zeit nach dem ersten Weltkrieg. Da gab es große Hungersnot".

„Wann war der Uropa geboren?", will Lisa noch wissen.

„1919, da war der Krieg gerade zu Ende".

Als er die Lehre anfangen konnte, übernahm die Tante die Rolle der Mutter. Sie war eine nette Frau, das fühlte Anton sofort. Ihre roten Wangen waren rund und glänzend, ihre Haare mit einer Haube bedeckt, und um Hals hing eine große Kette mit einem Kreuz daran. Um die breiten Hüften spannte sich eine Schürze über einem hellblauen Dirndl. Sie drückte den Jungen zur Begrüßung an sich. Auch ich habe sie noch kennengelernt, als ich die Ferien dort mit ihrer Enkelin verbringen durfte.

Lisa schaut mich an: „Dann war sie aber schon alt, oder?"

„Richtig", sage ich.

Der Onkel dagegen sah streng aus. Sein rundes Gesicht war mit einem Schnauzer geziert, aber die Stirn war faltenlos, die Nase rund und sah gemütlich aus, so dass Anton zu der Meinung kam, dass er vor ihm keine Angst zu haben brauchte.

Zu dem Hof gehörte die Kutsche, um die und um die Pferde kümmerte sich der Johann. Das waren zwei Kaltblüter, die das Ziehen der Kutsche gewohnt waren. Sie trabten auch ohne von dem Junggesellen angetrieben zu werden. Wenn das Gespann durch das Tor fuhr, klapperten die Hufe auf dem Kopfsteinpflaster, und alle sind erwartungsvoll herausgekommen. Auch der Bob kam heraus.

„Bob, du bleibst drin!" hieß es. Er fing schon an die Leute zu beschnuppern, aber auf nochmaliges Zurufen schlich er mit angelegten Ohren davon. Auch ich habe einen schwarzen Labrador dort kennengelernt, auch der hieß Bob. Aber das war sicher schon der dritte oder vierte seit Antons Lehre, damals.

Im Haus musste man erst eine lange Diele durchqueren, dann kam man in eine geräumige Küche, wo auf dem Kohleofen ein großer Topf mit einer übergroßen Kelle stand. Zum Mittagessen kamen auch die Gesellen dazu. Tante Ria rührte ein paarmal um, und alle setzten sich hin. Die Burschen nahmen ihr schwarzes Häubchen ab, behielten aber die Schürzen an, und einen Zipfel stopften sie hinter den Bund. Jeder saß an seinem angestammten Platz.

„Das ist der Anton", stellte Onkel ihn vor. Dann stellte er ihm die Gesellen vor: „Das hier ist der Johann, den hast du schon bei der Fahrt hier hin kennengelernt. Das ist der Michal, der Ferdi und der Hansi. Sie alle arbeiten hier und werden dir nach und nach Einiges beibringen."

Anton gab allen die Hand. Man betete zusammen, und dann löffelten alle den köstlichen Kartoffelauflauf. Zum Glück wusste Tante Ria, dass Anton kein Fleisch aß, und so hatte er auch keins auf seinem Teller gefunden.

„Nach dem Essen kannst du gleich bei dem Beladen helfen", sagte Onkel.

Anton wagte nicht zu fragen, was es bedeutete. Er wartete lieber, bis alle aufgestanden waren. Tante Ria sammelte die Teller ab und Anton ist mit den Männern in die Wirtschaftshalle gegangen.

„Was ist eine Wirtschaftshalle?", fragt mich Lisa.

„Das war eine große Halle, die Decke war sehr hoch, von der Decke waren lange Stangen angebracht, an den hingen die Würste und Fleischstücke. Alles war weiss gekachelt. Man muss sich das wie einen überdachten Hof vorstellen",versuche ich zu erklären". „ Es war auch sehr kühl darin."

„Aha", Lisa ist wieder in das Puzzeln vertieft.

„Johann, machen Sie dem Jungen einen Wagen fertig, die Nawraths haben noch eine Bestellung aufgegeben".

„So spät noch?, Na, wir haben ja jetzt eine Hilfe, nicht wahr?" Johann, ein dicklicher untersetzter Geselle, schaute

Anton lächelnd an und zog ein kleines Wägelchen aus einer Halterung hervor. „Wahrscheinlich bekommen die Herrschaften unerwartet Besuch", meinte er. Dann gingen sie zusammen den langen Gang, dabei zog Anton das Wägelchen schon selbst. Unterwegs hat jeder von den Gesellen ein Stück in den Behälter getan. „ Gib mir auch eine Leber dazu", sagte Johann zu dem Hans, der packte ein rotes Stück Fleisch ein und legte es in den Wagen. Das war das erste Fachwort, das Anton kennenlernte."Leber". Mit der Zeit musste er viele andere Teile, die zum Kochen oder Braten waren, lernen zu benennen.

„Pass mal auf, du kannst doch schon lesen?", stellte Johann halb fragend, halb feststellend fest. „Also die Nawraths wohnen in dem großen Haus, da, gleich gegenüber. Siehst du?" Anton war fast beleidigt, dass jemand glauben konnte, er sei nicht lese fähig. „Der Name steht auf dem Türschild. Und beeile dich, sonst kriegen die Hunde lange Zähne!" Johann lachte und stülpte noch eine Plane über das Wägelchen, die passte genau und verhinderte, dass auch nur ein Körnchen Staub auf die Ware fiel.

Anton musste aufpassen, dass er nicht stolperte, weil er so eilte. Hinter den verschiedenen Zäunen im Dorf hörte er die Hunde bellen.

„Ha, da hättet ihr bestimmt gerne ein Stück Salami, was? Aber nichts da, ich muss abliefern!" Anton war mächtig stolz auf seine erste Tätigkeit. Und schon erreichte er die Tür bei den Nawraths. Das Schild wies den Namen mit schönen Goldbuchstaben aus. Er hob den Türklopfer und schlug ein paarmal darauf. Plötzlich schnupperte jemand an seinem Hosenbein und Anton hörte: Meeh, meeh.

„Eh! Gehst du davon!" Der Ziegenbock aber dachte nicht daran, sich zu entfernen, seine Hörner näherten sich bedrohlich seiner Hosentasche. Anton musste noch einmal stärker mit dem Türklopfer schlagen, dann hörte er eine Frauenstimme. „Ja, ja, was ist los?"Eine Junge Frau öffnete das Tor und sah gleich die Angst in Antons Augen.

„Der tut dir nichts, das ist der Jakob, von dem brauchst du dich nicht zu fürchten", meinte sie. Sie packte die Sachen aus dem Wägelchen in ihre Schürze um. „Wie heißt du denn? Bist du der neue Bursche bei den Plitzkas?"

„Ja, ich bin der Anton und Herr Plitzka ist mein Onkel", meldete Anton.

„Aha, dann danke ich dir für die Lieferung. Ich bin hier die Magd Herta. Dann bis nächste Woche, also!"

Also wusste jetzt schon Johann eine ganze Menge über das Ausliefern. Dass die Nawraths eine Magd hatten, dass er an dem Ziegenbock vorbei gehen musste, aber der nichts Schlimmes tat. Er kam sich schon sehr wichtig vor, als er dem Johann das Wägelchen zurückbrachte.

Unser Puzzle ist fertig. Lisa schaut noch einmal auf die Verpackung. Auf der Rückseite sind noch andere Puzzlespiele abgebildet.

„Da sind wir aber ziemlich schnell fertig geworden, oder, Oma? Wir könnten ein noch größeres kaufen, schau mal, sogar 1000 Teile gibt es. Und dann könntest du mir noch mehr von dem Anton erzählen. Wie es dann mit seiner Lehre weiter ging."

„Gut", verspreche ich und dann ziehen wir uns an und wollen in die Stadt gehen.

Der rostige krumme Nagel auf dem Zuckerhut
von Brigitte Prem

X Was hast du da?
Y Das siehst du doch! Einen rostigen, krummen Nagel.
X Was tust du damit?
Y Schau doch her: Ich poliere ihn mit Putzöl.
X Was soll denn das?
Y Den hat mir ein Straßenkehrer, ein Straßenfeger, sagt man auch, zum Andenken an den Zuckerhut gegeben.
X Wann warst du denn auf dem Zuckerhut?
Y Na gestern.
X Vorgestern waren wir gemeinsam im Cafe. Da kannst du gestern nicht in Brasilien gewesen sein.
Y Ach quatsch, Ich habe meinen Kusin in Gmunden besucht und den Zuckerhut mitgenommen.
X Erklär mir das!
Y Der Zuckerhut ist ein 902 Meter hoher Berg in den Oberösterreichische Voralpen in der Nähe von Gmunden. Er sieht wirklich wie ein Zuckerhut aus.
X Was ist denn ein Zuckerhut?

Y Hast du so etwas noch nie gegessen? - Das ist ein an der Spitze abgerundeter Kegel aus Zucker.

Im 19. ,frühen 20. Jahrhundert, war das, wegen der Produktionsmethoden, eine Hauptgestalt des vertriebenen Zuckers.

X Red nicht so geschwollen!

Y Schmeckt gut!

X Und was ist jetzt mit dem Zuckerhutberg?

Y Ich bin die Zuckerhut-Runde bis zur Irrer Alm gegangen, nördlich über den unmarkierten Pfad auf den Gipfel.

X Was! Du getraust dich auf einem unmarkierten Weg zu gehen?

Y Ich war ja nicht allein.

X Wer war denn noch mit?

Y Mein Kusin. Und stell dir vor! Da bei einem Bauernhof stand an der Haustür eine blaue Zuckerhutfichte.

Ihre streng kegelige Wuchsform ähnelt einem der im 19. Jahrhundert handelsüblichen Form von Hutzucker. Je nach UV-Strahlung schimmern ihre Triebe blaugrün bis stahlblau. Wir haben bei der Bäuerin Kaffee getrunken und haben das beim Sonnenuntergang beobachtet.

X Unser Gespräch ist schon witzig: Da haben wir den Zucker-Zuckerhut, den

Zuckerhut in Brasilien, den Zuckerhut in den Oberösterreichische Voralpen und die blaue Zuckerhutfichte.

X Kein Wunder, dass du deinen Ausflug als Erlebnis empfindest.

Y Ja, dann gibt es noch den Umgestülpten Zuckerhut in Hildesheim, ein Fachwerkhaus. Die umgekehrt konische Form erinnert an einen auf den Kopf gestellten Zuckerhut. Grund für die ungewöhnliche Konstruktion war die Ausnutzung eines kleinen Grundstücks. Das Erdgeschoss des Hauses hat eine Grundfläche von 17 m², während das zweite Obergeschoss eine Fläche von 29 m² aufweist. Es wurde um 1510 erbaut.

X Und was ist jetzt mit dem rostigen Nagel?

Y Ich erzählte dem Straßenkehrer begeistert über die Wälder und Bergweiden, und er schenkte mir zum Andenken den Nagel, den er auf dem Zuckerhut gefunden hat.

X Und jetzt gehen wir und essen einen Zuckerhutsalat!

Geld allein macht nicht glücklich - „Feddersen"

von   Blanka Trunitschek

Als er seine Haustür aufschloss, schmiss er mit gespielter Leichtigkeit den Schlüsselbund auf die Dielenkommode. Sogar ein leiser Pfiff ging durch seine schmalen Lippen. Rente! Ab heute Rente! Feddersen war sich nicht ganz sicher, ob er sich freuen sollte oder lieber nicht. Freude kannte er eigentlich nicht, die ganzen Jahre hatte er das Gefühl der Freude nicht zugelassen. Wenn man vorankommen will, hat man keine Zeit für so einen Firlefanz. Ein Hauch eines Lächelns zog über Feddersens Gesicht. Die Summe, die sich in den Jahren auf seinem Bankkonto angesammelt hatte, ließ ihn schmunzeln.

Während er auf dem Sofa saß, welches die vergangenen Jahrzehnte sichtbar aufwies, wog er die Vor- und Nachteile des nahestehenden arbeitslosen Lebens auf. Was fängt er mit sich an? Wie verbringt er jetzt seine Tage? Gerne würde er mit einem Schiff die Welt bereisen. Er hörte einmal einen Kollegen darüber erzählen.

„Morgen gehe ich in ein Reisebüro und erkundige mich, wie das alles abläuft", nahm er sich vor. Schließlich hatte er alle seine Urlaube im Garten verbracht. Immer wenn alles blühte und auch die Tomaten reiften, fühlte er sich glücklich. Das war Urlaub! Und kostete nichs! Stets lachte er über seine Nachbarn, die immer jemanden suchten, der ihre Häuser und Gärten hütete, wenn sie wegfuhren. Und wie sollte er das jetzt machen? Soll er eine Anzeige in die Zeitung setzen: „Für bestimmte Zeit einen Baumhüter gesucht"? Oder soll er die Frau Sommer, die für ihn kocht, fragen? Sicher würde sie, für die Zeit wenn er weg ist, ein paar Stunden mehr machen wollen.

Als er um 22 Uhr den Fernseher ausmachte, erinnerte er sich, dass er den Wecker nicht zu stellen brauchte. Aber diese Tätigkeit, den Wecker auf 6 Uhr nicht stellen zu müssen, brachte ihn jetzt durcheinander. Alles schön mit dem Reisen, aber...

Die ganze Zeit der Berufsausübung war Feddersen pünktlich, erwischte den richtigen Bus und saß rechtzeitig auf dem Bürostuhl. Seine Wut über unfähige Kollegen erstickte er im Keim. Niemand hörte von ihm barsche Kritik oder Widerworte. Er hat sich selbst viel abverlangt, das gehörte sich so im Leben, und er wähnte sich in Gedanken, dass jeder sich an ihm Beispiel nahm. Nur der Magen machte ihm manchmal Probleme. Er kaufte oft Tabletten, die man ihm in der Apotheke anbot. Früher ging er regelmäßig zu Blutkontrolle, aber seit man jedesmal Geld für den Arzbesuch verlangte und in der Apotheke auch noch Rezeptgebüren, da hatte er damit aufgehört. Bis jetzt war auch alles in Ordnung. Feddersen wischte die grauen Gedanken von der Stirn. Morgen würde er eine Schiffsreise buchen und basta.

Am nächsten Tag war schon die gewohnte Frühstückzeit vorbei, als er aufwachte. Erschrocken sprang er aus dem Bett. Neun Uhr, was werden die im Büro...Nein, alles gut, du musst nicht mehr arbeiten, sagte er zu sich, und sein Herzschlag beruhigte sich.

Die Reise sollte schon in vierzehn Tagen losgehen. Er ließ eine Anzahlung im Reisebüro, und den Rest von fast sieben Tausend € überwies er von seinem Konto direkt an die Schiffahrtgesellschaft.

Er würde in Hamburg einschiffen, quer über den Atlantik schippern und dann in Richtung Cap Horn weiter. Sein Magen zog sich leicht zusammen, wenn er an all das dachte. Und was er alles vorbereiten musste, bis es losging! Die Bahnverbindung checken, die Koffer aus dem Keller hochbringen und was ihm alles in den nächsten Tagen noch einfällt. Aber er war zufrieden, von dem Batzen Geld, der sein Bankkonto aufwies, jetzt kleines Summchen für sich ausgeben zu dürfen. Das hatte er sich die ganzen Jahre nicht gegönnt. Frau Sommer sagte leicht verwundert zu.

Feddersen packte die Koffer. Denn mit einem wird er nicht auskommen, wie er aus dem Erzählen des Kollegen wusste. Aus dem Schrank hatte er manche Sachen herausgeholt, die noch original verpackt waren. Hemden, die ihm heute schon zu klein waren, die sortierte er aus. Socken, die an den Spitzen noch zusammen genäht waren, packte er ein. Zwei paar Schuhe wird er auch brauchen. Einen Anzug zum Anziehen für jeden Tag und einen zum Abend. Was, wenn man ihn an einen Tisch mit weiblichen Reisenden setzte? Da musste man sich doch in Schale werfen.

Aber das war kein Problem für ihn, in den Betriebssitzungen durfte man auch nicht in Hemdsärmeln erscheinen.

Endlich befand er sich an Bord des riesigen Passagierdampfers und bezog seine Kabine. Das Spazieren durch die Gänge brachte ihn ins Schwitzen. Es bedurfte eines Lageplans, um zurecht zu kommen, sonst hätte man sich in den Etagen und Windrichtungen verirren können. Am Abendtisch saß er tatsächlich neben anderen „Singels" an einem großen runden Tisch. Feddersen musste höllisch aufpassen, dass er keine Speisen zu sich nahm, die seinem Magen nicht gut bekamen. Blamieren wollte er sich nicht! Den ersten Abend verbrachte er zufrieden in der Gesellschaft dreier Herren und vier Damen, aber um 22 Uhr entschuldigte er sich, erhob sich mit höflichem Nicken und wünschte allen gute Nacht. Nein, so leicht konnte man nicht seine Grundsätze aufgeben. Morgenstund hat Gold im Mund!

Sie erreichten nach einer Woche New York, die Reisenden sind teils ausgestiegen, teils kamen neue dazu. Nur eine Dame, die sich als „Ulrike" vorstellte, blieb an dem angestammten Tisch sitzen.

„Sind also nur wir zwei geblieben", sprach sie den Feddersen an. Im Umgang mit Frauen war er nicht geübt, aber im Verlauf der letzten Tage haben die beiden schon das eine oder andere Wort gewechselt. Sie führten ein Small Talk und verabredeten sich nach dem Abendessen zum Spazieren auf dem Promenadendeck. Letztlich war Feddersen nicht abgeneigt mit jemandem zu sprechen, und er kannte bislang nur sie.

Ulrike blieb weiter dabei, und in vier Wochen näherten sie sich einander und auch dem Europa zu. Am vorletzten Abend, nach dem allabendlichen Spaziergang, klopfte es leise an Feddersens Kabinentür. Im Begriff gerade zu Bett zu gehen, warf er sich den Badematel über und öffnete die Tür einen Spalt breit. Die Ulrike stand da, in Glitzer und Glamour, eine Sektflasche in der Hand. „Wir sollten den Abschied feiern, schließlich waren wir so lange zusammen unterwegs", meinte sie. Nach einer Weile warf Feddersen alle Grundsätze über Bord, klingelte den Steward herbei, ließ weiteren Champagner und Kaviarschnittchen bringen. Worüber sie sich unterhielten, vermochte er am nächsten Tag nicht wiederzugeben. Er ist mit einem gewaltigem Kater alleine aufgewacht, musste sich paarmal übergeben und verließ seine Kabine nicht mehr. Wie peinlich das alles!, ging ihm durch den Kopf. Als Gentleman hätte er sich für den „schönen Abend" bedanken müssen, aber er war nicht in der Lage dazu. In Hamburg hielt er nach Ulrike Ausschau, aber sie war nirgends zu sehen. Etwas betrübt stieg er in ein Taxi und ließ sich zum Bahnhof fahren. Beim Bezahlen dachte er, dass er eigentlich noch mehr Geld im Portemonaie hätte haben müssen, aber er beschäftigte sich nicht weiter damit.

Zu Hause war alles in bester Ordnung. Frau Sommer hat sich um den Garten gekümmert, als ob es ihr eigener wäre, und er entlohnte sie angemessen dafür. Dann rekapitulierte er seine Reise und kam zu der Überzeugung, dass sie schön war, und er würde sich jedes Jahr etwas Derartiges leisten   wollen.

Nur der Magen meldete sich wieder und wollte sich nicht so schnell beruhigen. Dazu kamen noch ziehende Schmerzen im Unterbauch. Es nützte alles nichts, Feddersen musste den Arzt aufsuchen. Der stellte viele Fragen, ließ sein Blut und Harn untersuchen und überwies ihn zum Urologen. „Muss das sein? Ich war noch nie beim Urologen". Doch sein Hausarzt ließ mit sich nicht diskutieren , die Sprechstundenhilfe drückte ihm eine Überweisung in die Hand und machte direkt einen Termin aus „Warum so schnell, habe ich was Schlimmes?"fragte er. „Doktor Brenner meinte , der Termin ist dringend", war die Antwort und so musste er hin. Er bekam vom Urologen Antibiotika verschrieben, damit die Bauchschmerzen aufhörten und ging mit rotem Kopf aus der Praxis. „Geschlechtskrankheit!

Wie komme ich dazu? Ich, der immer sauber und anständig ist!" Seine Krankheit war nicht abzuschaffen. Er bekam erst Ausschlag, die Schmerzen im Unterbauch ließen zwar nach, aber das Blutbild wurde schlecht. Die weißen Blutkörperchen fielen rapide ab, keine Infusion oder gar Transfusion konnten das Blutbild dauerhaft bessern. Dazu platzte noch ein Geschwür im Zwölffingerdarm. Mangels der Sauerstoffaufnahme bei dem Blutmangel hatte auch das Herz keine Kraft mehr und da er beim Aufnahme ins Krankenhaus vehement dagegen war, dass man bei ihm lebensverlängernde Maßnahmen angewandt hätte,da man an ihm nur

verdienen wollte, schlug es eines Tages
das letzte Mal.
Feddersen starb.
Denen, die ihn gekannt haben, fiel in der
Zeitung eine Todesanzeige auf:
Unser langjähriger Mitarbeiter und
Abteilungsleiter a.D. Herr Feddersen ist
unerwartet nach kurzer Krankheit gestor-
ben. Wir werden ihn als einen netten, zu-
versichtlichen und äußerst genauen
Zeitgenossen in unserem Gedächtnis be-
halten.

Der Drucker und die Wanderin
von Brigitte Prem

Die Wanderin und Jägerin betrat, ein totes Reh auf dem Rücken, die Metzgerei. Sie spürte die stundenlange Wanderung angenehm im ganzen Körper. Der Metzger war nicht da. Sie legte das Reh in den Raum, wo das Fleisch für die Kühlhalle vorbereitet wurde, und sah sich um. Alles war sauber und aufgeräumt. 'Möglicherweise wird er nicht viel Freude haben, dass er jetzt das Reh aufarbeiten muss', dachte sie, denn es war Abend, und der Metzger liebte seine Bequemlichkeit. Sie ging einige Schritte weiter und öffnete die Tür zum Kühlraum. Speckseite an Speckseite hing da. Sie machte die Tür wieder zu. Ihr Reh musste sterben, weil es zu viele waren und weil Menschen essen wollten.

Sie hörte Geräusche von der Haustüreher.

"Ist da jemand?" rief eine dröhnende Stimme.

Musste der Metzger immer so laut sein? Er hatte das Arbeitsgewand schon ausgezogen, seine rundliche Figur steckte in einer dunkelgrünen Kluft, die er gerne in der Freizeit anzog und die ihn schlanker erscheinen ließ. Er war kleiner als die Jägerin, und sein blondes Haar war ziemlich kurz.

"Ach, du bist es", fuhr der fort. "Ich sag dir gleich, ich bin nicht fertig."

Was meinte er?

"Mein Drucker ist kaputt."

Die Jägerin entschloss sich, sein Geschwafel zu ignorieren.

"Nimm mein Reh auf, dann helfe ich, es zu zerlegen."

"Ich sagte, mein Drucker ist kaputt. - Wie war das Wandern?" lenkte er ab.

Die Wanderin ließ sich ablenken.

"Wunderschön. Ich war oben im Revier. Die Sonne beleuchtete das verschiedene Grün der Bäume, der Fichten, der Lärchen, der Laubbäume. Ein leichter Wind kühlte. Die Zeit auf dem Hochsitz war behaglich. Aber was meintest du mit dem Drucker?"

"Ich muss doch morgen die Abrechnung mit dem Jagdverein machen, und ich kann sie nicht ausdrucken."

"Lass anschauen!"

Die Wanderin untersuchte den Drucker.

"Nachdem du das Kabel angesteckt hast, musst du zwei Knöpfe   drücken."

"Ja, ich weiß, aber es geht nicht."

"Ja, es geht nicht. - Die Tintenpatrone ist leer. Hast du eine neue?"

"Nein."

"Vielleicht funktioniert es, wenn wir die Farbtintenpatrone statt der Schwarz-Weiß hineintun. Dann müsste die Farbe rot werden; das macht doch nichts, oder?"

"Wenn es euch nichts macht."

"Es geht nicht. - Wieviel Punkte musst du   eintragen?"

"Na, deine fünf Rehe!"

"Waaaas?"

Die Wanderin erwischte ein Blatt vom Kopierpapier.

"Hol einen Kugelschreiber und schreib! Ich diktiere: Briefkopf "Metzgerei Holzer ...".

Mallorca
von Blanka Trunitschek

„Ständig ist hier von Mallorca die Rede," Hanna ist dabei eine Urlaubsreise zu planen und stößt in Zeitungsberichten auf dieses Thema.

„Können wir nicht auch dahin fahren?"

Die Familie war zwar schon im Mittelmeer, auf italienischem oder balkanischem Festland, aber noch nie auf einer Insel.

„Fahren geht nicht!" sagt Viktor. „Da musst du schon hinfliegen", lacht er.

„Klar, und Fliegen ist teuer", überlegt Hanna. Sie geht schon halbtags arbeiten und verdient etwas zum Haushaltsgeld dazu, aber einen Flug für vier Personen? Es gibt aber eine Lösung. Wenn es gelingen würde, den Urlaub aus einem anderen Bundesland zu starten, wo sie in die Nebensaison fallen würden, das machte dann schon viel aus. Außerdem soll das Leben auf Mallorca so preiswert sein, dass sogar die Frauen, die ihr Geld mit Reinemachen verdienen, sich den

Urlaub dort leisten können. Deshalb nennt man Mallorca insgeheim „die Putzfraueninsel".

Dieses Jahr heiratet auch Hannas Bruder.

Was, wenn die Düsseldorfer Familie die Eltern in Starnberg und die neue Familie des Bruders besuchen und anschließend von München aus fliegen würde?

Hanna ist in ihrem Element, war sie doch früher ein Reisebürokaufmann. Sie fährt erst zum Flughafen Düsseldorf, wo sich eine Aussichtsplattform befindet, das ist auch gerade für den sechsjährigen Sohn interessant. Man kann dort die Abflüge und Starts der großen Maschinen aus relativer Nähe beobachten und dabei von der Ferne träumen. Es ist der Flughafen der Flugge-sellschaft LTU, der Pendant dazu in München ist die LTS. Dann fragt sie bei dem ansässigen Reisebüro, ob die Möglichkeit besteht, den Flug so, wie sie sich das vorstellt, zu buchen, und informiert sich gleich über den Preis. Doch, das wird bestätigt. Da kommt Vorfreude auf! Jetzt muss nur der Viktor seinen Urlaub mit den Kollegen abstimmen, einer von ihnen wird sicher auch vor oder nachrücken müssen. Wird sich sicher finden, hofft Hanna. Auch sie steht vor dem Problem, die Kolleginnen deswegen anzusprechen. Unter den Frauen herrscht nicht so viel Einvernehmen, wie bei den Männern, aber letztlich klappt alles und Hanna kann fest buchen.

In Starnberg stellt Viktor das Auto ab, und die neu getraute Schwägerin bringt alle zum Flughafen München.

Am Flughafen in Palma de Mallorca wartet ein Bus, der alle Touristen, die von der Firma Hapimag eine Ferienwohnung gebucht haben, mitnimmt. Das erleichtert sehr die Reisenden. Zwar hält jeder seinen Koffer fest, aber als sie alle noch im Auto saßen, haben sie nicht daran gedacht, wie schwer die Koffer sind, wenn man sie tragen müsste. Hanna hat auch Lebens- mittel mitgenommen, sie denkt ja praktisch: Wenn man ankommt, muss man nicht erst einen Kiosk oder Laden suchen, wo man Öl zum Braten und Zucker und Mehl zum Kochen kaufen kann. Für den Anfang ist also alles im Handgepäck. Und wenn man eine Ferienwohnung bucht, rechnet man mit solchen Hausarbeiten, wie dem Kochen. Was in einem Hotel wegfallen würde. Für Hanna eine Routine. Auch wenn manche sagen: „Für mich gibt es das im Urlaub nicht, ich möchte von allen Pflichten befreit sein". Doch auch Hanna kann abschalten. An manchen Tagen geht die Familie auch auswärts essen. Dass sie sich am Strand etwas Kleines zum Essen oder etwas zum Trinken kaufen, ist natürlich. Hauptsächlich wenn die Strandverkäufer „Melop" rufen, Schnitze von Melonen oder Kokosnuss oder auch Eis anbieten, da kann man in der Hitze nicht widerstehen. In der Mitte von Paguera, nicht weit von der Ferienanlage entfernt, ist eine Straße, wo sich die Esslokale einander reihen wie die Perlen an einer Kette und wo es innen schön kühl ist. Dahin werden sie sicher mal einkehren.

Die Wohnanlage ist auf einem Hügel errichtet. Sie sieht aus wie ein Würfelspiel: Weiße, stufig gestapelte Objekte, ein Würfel - eine Ferienwohnung. Zwei kleine Schlafzimmer, eine Wohnküche, Duschraum, der als einziger geräumig. Sonne satt, Holzrollo an jedem Fenster. Rundherum Rasen, der allerdings eine Überraschung darstellt. Die Grashalme sind fest und scharf, so dass das Barfußgehen darauf keine schöne Sache ist. Aber die Wege sind eingefasst und garantieren schnelles Laufen zum nahegelegenem Strand oder zum Spielplatz.

Dort hält sich Moni, die drei-zehnjährige Tochter, meistens auf und versucht Federball zu spielen. Hanna ist sich bewusst, dass in dem Alter der Urlaub mit Eltern unerträglich ist. Meistens zieht Moni lange „Flappe" (wie Hanna dem Viktor erzählt), wenn sie in die Stadt mitgehen muss. Auf dem Sportplatz lässt es sich noch gerade aushalten. Und in der gleichen Lage befindet sich auch ein Junge, bei dem Hanna sein Alter nicht schätzen kann. Seine Mutter setzt sich auch auf die Bank. Es ist dort schön schattig. Hanna setzt sich dazu und die zwei Frauen unterhalten sich. Die Mutter vom Wolfgang, dessen Namen Hanna jetzt erfährt, beschwert sich über ihren Mann: „Der liegt nur auf dem Sofa und schläft."

„Er schläft?", wundert sich Hanna, „man verschläft den Urlaub? Da kann man doch zu Hause bleiben und braucht das ganze Geld nicht ausgeben!", meint sie.

„Ach, der trinkt eine Flasche Rotwein aus, und dann ist mit ihm nichts mehr los!" Wolfgangs Mutter ist dem Weinen nahe. Viktor ist mit dem Mischa, dem sechsjährigen Sohn der Familie, ins Kino gegangen. Die zwei sehen sich den Film Star Wars an, davon schwärmen beide noch lange. Hanna ist stolz auf ihren Mann, dass er sich mit seinem Sohn beschäftigt. So einen, der die Tage nur verschläft, möchte sie nicht haben. Und dann fragt Hanna, wie alt der Wolfgang sei. „Geht er noch zu Schule?" „Nein," sagt die Mutter", „der geht nach den Ferien zur Bundeswehr. Das sind eigentlich seine letzten Ferien". Uff, da wird der Hanna aber kalt und heiß! Die Moni ist 13 und der Junge schon 18, oder vielleicht noch älter!

Sie meint zu spüren, wie die Augen zwischen den beiden strahlen und eine fast greifbare elektrische Spannung dabei entsteht. Nein, das will sie nicht dulden!

Moni ist in den letzten Monaten so richtig hochgeschossen. Denken die Jungens, sie sei schon erwachsen?

Also gibt es am Abend eine Familienrunde. Viktor ist informiert.

Hanna fängt an: „Ich habe mich heute mit Wolfgangs Mutter unterhalten. Sie erzählte, dass er schon achtzehn oder sogar schon neunzehn ist!"

„Na und, es sind Ferien!" Monis Wangen blasen sich zum Widerstand auf. Sie stellt sich auf Strafpredigt ein.

„Darum geht es nicht." Hanna möchte ihre Aufregung nicht offenbaren, aber es gelingt ihr nicht ganz. „Ein achtzehn-jähriger Junge möchte schon etwas mehr von einem Mädchen, als lediglich Badminton spielen!"

Viktor sagt: „Jetzt mache nicht einen Bohei daraus, Moni wird mit uns zum Strand gehen und damit hat es sich. Dafür sind wir schließlich hier".

Moni schaut nur unter den Tisch, es wird wortlos zu ende gegessen und alle gehen noch in die Straßen, wo eine Menge Urlauber promeniert. Die Luft ist nicht minder heiß wie am Tage, man geht in kurzen Hosen und Strandschuhen.

Hanna und Viktor besprechen den nächsten Tag. Vielleicht sollten sie eine Fahrt mit dem Bus unternehmen oder eine längere Strecke wandern. Sie beschließen mit einer Straßenbahn Richtung Söller zu fahren. Es ist eine Ortschaft nordwestlich. Aber auf fremden Plätzen zu wandern ist nicht gerade Viktors Sache. Im Auto fühlt er sich sicherer. Und es ist ja so heiß! Wenige Schritte über die Straße Richtung Meer, wenige Schritte in die Hügel, und seine Wanderlust ist gestillt. Schön auf die Bank in einer Trinkbar, die am Tag nicht frequentiert wird, für die Kinder eine Limo, für den Viktor eine Kola, und Hanna begnügt sich mit einem Glas Wasser, das ist es, was sie von Söller als Erinnerung mitnehmen. Die nächsten Tage verbringen sie am Strand, da kann man am Nachmittag einige Stunden aushalten.

Am Donnerstag ist in Palma, der Hauptstadt, Markt, da will Hanna unbedingt hin. Das Schauen auf fremde Artikel, exotisches Obst und Blumen oder wenigstens die Samen von Palmen, findet sie sehr interes-sant. Sie kauft sich Samen von Bananenstaude. Am nächsten Tag wollen sie, das heißt Hanna will es, weil es historisch wertvoll ist, die Kathedrale besuchen. Es ist ein imposanter Bau. Es gibt von der Art noch mehrere, vielleicht war das ein und der selbe Architekt, oder sogar mehrere, die sie in Zeit der

Renaissance im gotischen und dann barocken Stil erbaut hatten. Über 400 Jahre sollte es dauern, bis sie fertig war.

Es ist wieder sehr heiß, sie suchen schmale Gassen, als sie zu Fuß dahin wandern, um im Schatten laufen zu können. Moni, voller Widerstand, stellt immer Fragen, „warum müssen wir dahin?" Mutter antwortet: Weil man so etwas nicht in unserer Nähe sehen kann. Der Mischa marschiert ungestört vor der Gruppe, wenn man ihn nicht bremsen würde, würde er verloren gehen. „ Wozu ist das gut, so ein Gemäuer zu sehen?"„Jetzt halte schon mal an und überlege, wozu dein Meckern gut ist!"

Manchmal möchte Hanna ihre Tochter schütteln, damit sie die Dinge begreift. Aber sie weiß noch ganz genau, wie es früher zwischen ihr und ihrer Mutter war, wie sie ihre Mutter gehasst hat, wenn sie von ihr nur Verbote und Vorschriften zu hören bekam.

Sie erreichen die Kathedrale und Hanna liest einige Zeilen aus dem Reisebuch. Damit befriedigt sie auch ihren Wissensdurst, und man kann wieder zum Strand gehen. Das seichte Wasser ist kaffeewarm, doch schön zum Abkühlen nach dem Stadtmarsch.

Am nächsten Tag fällt Hanna ein, dass sie auf den Spuren der George Sand wandern wollte. Die war in den 1840ger Jahren nach Mallorca gefahren, um ihrem Freund, dem Frederic Chopin, zur Genesung bei der Tuberkulose zu helfen, was ihr aber nicht gelang.

Sie fahren mit dem Bus also am nächsten Tag in Richtung Valldemosa. Als sie aussteigen, überfällt sie die Tageshitze der Insel, gegenüber dem gekühlten Bus, gewaltig. Viktor ist nicht fähig, nur ein paar Schritte zu gehen. Die Kinder halten sich bedeckt, Mischa bekommt rote Wangen. „Da hast du dir etwas ausgedacht!", murrt Viktor, „da mache ich nicht mit!" Um sie herum nur hügelige Landschaft, trockenes Gras, es sind keine Häuser zu sehen, keine Menschen unterwegs. An der nächsten Bank leeren sie die mitgebrachten Limoflaschen. Wenigstens ist der Rucksack jetzt leichter, denkt Hanna. Aber auch das bessert die Laune vom Viktor nicht. „ Kein Meter weiter!", Viktor beschließt auf den Bus zu warten und zurück in die Stadt zu fahren.

Nichts zu machen, wenn Mallorca, dann nur am Wasser!

Natürlich ist diese Zeit der Schulferien in die heißeste Jahreszeit gelegt. Die teuerste Saison ohnehin. Die Situation des Teenagers nicht lustig. Gut, dass es bald an die Abfahrt geht !

Viktor putzt am letzten Tag noch den Duschraum, obwohl die Endreinigungskosten, die erst zu Hause brieflich ankommen, enorm sind. Hanna packt die Koffer und so geht es bald wieder zum Flughafen.

Hasta la vista, amigos. Vielleicht einmal wieder!

Monatsgeschichte September:
Leuchtend gelb
von Brigitte Prem

Eine einzelne Blume erblüht, leuchtend gelb, unerwartet groß, im kurzen, grünen Gras, das gerade erst wieder zu sprießen anfängt, nachdem die Wiese, ausgetrocknet nach langer Hitze, endlich von Regen begossen wurde.